이 책은 작지만 위대한 이야기입니다

이 책은 작지만 위대한 이야기입니다

1쇄 발행일 · 2015년 12월 15일

엮은이 · 임종대
펴낸이 · 김순일, 임형오
편　집 · 최지철
디자인 · 김아영
펴낸곳 · 이너피스
등록번호 · 제2015-000185호
등록일자 · 2008년 01월 10일
주소 · 경기도 고양시 덕양구 삼송로 139번길 7-5, 1F
전화 · 02-715-4507 / 713-6647
팩스 · 02-713-4805
전자우편 · mirae715@hanmail.net
홈페이지 · www.miraepub.co.kr

ISBN 978-89-7299-465-7 03810

이 책은

작지만

위대한

이야기입니다

prologue

좋은 생각은 미래 행동의 씨앗이고 오랜 사색의 열매입니다.

'인간이 온갖 일을 할 수 있는 것은 결국 그 마음에서 비롯됩니다. 인간의 행위는 사고의 옷이다'라고 토머스 칼라일은 말했습니다. 이 책은 세상을 살아가는 한 사람으로서 삶을 빛나게 한 여러 이야기를 한데 묶은 것입니다. 혼자만 간직하기엔 너무 아까운 보석 같은 것이어서 다른 이들과 나눌 길을 찾아보았습니다.

사람들이 한 권의 책 속에서 기쁨을 발견하고 좌절에서 희망을 보며 진정한 삶의 가치와 참사랑을 찾는 데 도움이 된다면 그 일이 아무리 어렵고 힘들더라도 이뤄야겠다는 마음 때문에 시간을 잊었습니다.

모든 것에는 정한 시기가 있습니다. 열매는 천천히 익습니다. 열매가 완전히 익기 위해서는 따뜻한 햇볕, 영양이 충분한 옥토, 그리고 때로는 역풍조차 필요합니다. 인생에 있어서도 마찬가지입니다. 우리의 인생에는 햇빛이 있는가 하면 흐리고 비 오는 날도 있습니다. 이 모든 것이 작용하여 사랑이라고 불리는 귀중한 열매를 생산하는 것입니다.

조지 크레인은 다음과 같이 말했습니다.

"우정이란 한 송이의 꽃이다. 한 송이 어여쁜 꽃을 얻으려면 씨를 뿌리고 물을 주고 가꾸는 수고를 해야 한다."

필자는 지상에서 가장 사랑하는 사람에게 꽃을 건네고 사랑을 표현하는 마음으로 이 책을 엮었습니다. 그 마음이 미지의 독자들에게 사랑의 선물이 되었으면 좋겠습니다. 그래서 당부하고 싶은 말이 있습니다. 지극히 상업적인 표현이지만 그래도 좋습니다. 흔히들 '삼류는 제품을 팔고, 이류는 머리를 팔며 일류는 감동을 판다'고 했는데 못내 감동으로 독자 곁에 다가갔으면 하는 바람입니다.

임종대

contents

1부 내 속의 나를 찾아...

2부 소중한 만남은…

3부 만남과 헤어짐은...

4부 멈춰 서서 생각하게 하는...

1부

내 속의 나를 찾아...

당신에게…

당신의 생각을 살펴 강하게 하라.

당신의 생각을 살펴 깨끗하게 하라.

당신의 생각을 살펴 올바르게 하라.

당신의 생각을 살펴 진실하게 하라.

-그렌빌 클라이처

때로는 훌훌 털어버리는 의연함을 갖자

훌훌 털어버리십시오
의연하게 자신의 길을 걸어가는 당신이 참 멋있습니다

원주와 강릉을 오가면서 조선 시대 김홍도가 그렸던 소나무처럼 가지가 휘어지고 옹이가 있는 소나무를 보았습니다. 그리고 그 소나무가 귀족 스타일의 홍송이라는 것도 최근에 깨달았습니다.

그런 소나무는 상상할 수 없는 수명으로 굉장히 크게 자랄 수도 있습니다. 토양과 바람, 온도, 습도 등 조건만 잘 맞으면 5,6층짜리 건물 높이보다 더 크게 자랄 수도 있습니다.

그러나 화분에 심어진 분재 소나무를 보면 40년~50년이 흘러도 그 키는 불과 4,50센티미터를 넘지 않습니다.

분재 참나무도 마찬가지입니다. 아무리 오래된 것이라도 분재 참나무는 7,80센티미터 이쪽저쪽입니다. 분재된 나무들의 키가 이렇게 일정한 수준을 넘어가지 못하는 것은 분재 기술자들이 나무의 꼭대기 가지와 뿌리를 정기적으로 잘라내고, 나무를 매년 다른 화분에다 옮겨 심으며 뿌리가 안정된 활동을 하지 못하도록 정지시키기 때문입니다. 이렇게 해서 나무들은 난쟁이 식물이 됩니다.

분재 기술자들은 키는 크지 않으면서 생명만 유지하도록 나무들을 관상용으로 길들입니다. 즉 나무의 성장 잠재력을 제거하는 것입니다. 이렇게 길든 나무는 원래의 크기대로 성장할 수가 없습니다.

사람도 이와 마찬가지입니다. 이 세상 대부분의 사람들이 분재된 나무처럼 문명이라는 화분 안에서 살아가고 있습니다. 그중에는 스스로 '나는 연약해', '나는 지식이 모자라', '나는 배경이 없어', '나는 가난한 집안 출신이야' 하는 식으로 성장 잠재력의 가지와 뿌리를 잘라내 버리고 살아가는 이들이 있습니다.

어떤 일을 조금 해 보다가 잘 안 되면 '나는 못하겠어' 하고는 금세 포기해 버리고 또 다른 일에 손을 댑니다. 그러나 세상에 쉬운 일은 없습니다. 그런 식으로 자포자기와 패배를 반복하다 보니 자기 내부에 잠재 능력의 뿌리가 안착하지 못하고, 오히려 성장을 억제시켜 가능성이 보이는 잠재력을 제거해 버리는 결과를 가져오게 됩니다.

이처럼 문명이라는 외적인 환경 속에서 자기 내부에 있는 엄청난 잠재력을 상실하고 정신적인 난쟁이가 되어 움츠려 있는 이들이 있는데, 이는 과거의 실패 탓인 경우가 대부분입니다.

아들이 아버지를 닮은 모습을 보고 '부전자전'이라고 합니다. 그런데 아들이 아버지를 닮는 것은 반드시 유전인자에 의한 것뿐만 아니라 생활 전반에 걸쳐 아버지에게 길든 탓이 큽니다. 사람의 길들이기는 주변 사람들에 의해 이루어집니다. 그중에 가장 크게 영향을 미치는 것이 부모입니다. 그리고 성장해 가면서 경험하는 실수와 실패도 이유야 어떻든 길들이기 나름입니다. 한 번의 실수와 실패로 질질 끌려다니면서 허덕이는 삶을 살 것인가, 훌훌 털고 벗어나 꿈과 비전이 있는 삶을 살 것인가는 전적으로 자신이 선택해야 할 몫입니다.

'거지에게는 선택권이 없다'는
말처럼 나락으로 떨어진 인간은 굽히다 못해 꺾인 것일 것입니다.
봄이 되면 싹을 내미는 관상용 식물처럼 선택의 여지가 없습니다.

'잠재력'이라는 예비군

'잠재력'이라는 내면의 예비군을 깨우세요

인간은 헤아릴 수 없이 무한한 잠재력을 소유하고 있습니다. 누구에게나 엄청난 폭발력을 지닌 잠재력이 내부에 있습니다.

인간의 두뇌는 1,400그램 정도인데 그 속에 150억 개의 기억세포를 가지고 있습니다. 그리고 우리의 시신경줄 하나하나에는 80만 개의 섬유가 매달려 있어 눈에 들어오는 1억3천2백만 건, 즉 책 2천만 권 정도의 정보를 뇌에 소장하고 전달할 수 있는 기능을 가지고 있습니다. 또 우리의 눈은 빛의 에너지인 광양자(빛의 요소가 되는 입자)까지도 볼 수 있습니다. 그리고 우리의 허파는 3백만 개의 공기 자루가 우리 몸에 있는 3백조 개의 세포에 적정량의 산소를 공급하는 역할을 하고 있습니다. 뿐만 아니라 우리가 지니고 있는 206개의 뼈와 656개의 근육은 지금까지 알려진 어떤 동물보다도 기능적으로 다양한 능력을 발휘할 수 있도록 되어 있습니다.

의학지의 보고서에 의하면 인간의 손가락 피부는 1만 분의 1센티밖에 안 되는 철 조각을 감지할 수 있으며, 엄마들은 아기 이마에 입술을 대 보고 섭씨 1천 분의 4도밖에 안 되는 체온의 변화를 분간해낼 수 있다고 합니다.

잘 훈련된 혀는 물속에 2백만 분의 1밖에 들어 있지 않은 키니네의 맛을 감별해낼 수 있다고 하니 인간이야말로 신비덩어리인 셈입니다. 즉 모든 인간은 엄청난 잠재력을 지닌 존재이며, 잠재력이 축소되어 뭉쳐진 함축체인 것입니다.

인간의 잠재력은 활용하기에 따라 그 폭발력은 상상할 수도 없는 힘으로 나타납니다. 그 불꽃이 뇌관에 닿기만 하면 폭발하는 화약처럼 엄청난 능력이 발휘되는 것입니다. 그러나 대부분의 사람들은 그 폭발물을 한 번 써 보지도 못하고 그냥 시들게 내버려 두고 맙니다. 많은 사람들이 엄청난 잠재 능력을 가지고 있으면서도 지금까지 그 십 분의 일밖에 발휘하지 못하고 역사의 뒤안길로 사라져 갔습니다.

또 인간에게는 보이지 않는 생명의 빛이 무한히 잠재된

예비군이 있습니다. 이 예비군은 한 번 동원되면 눈부신 힘을 발휘합니다. 그러나 대부분의 사람들은 그 예비군을 한 번 동원해 보지도 못한 채 퇴장하고 맙니다.

왜냐하면, 그만한 힘을 쓸 수 있도록 연구하고 고뇌하며 힘겨운 일을 해야 하는데 편안함에 안주하다 보니 그럴 필요를 느끼지 못한 것입니다. 결국 인간 스스로가 해 보지도 않고 자포자기한 것이나 마찬가지입니다. 그래서 자기 내부의 제2, 제3의 무한한 힘이 있다는 것도 느끼지 못하고 그냥 지나치는 경우가 많습니다. 최후의 순간까지 필사적으로 최선을 다한다면 내부의 제2, 제3의 힘은 폭발하여 상상할 수 없는 기적 같은 일을 이룰 수 있을 텐데 말입니다. 한마디로 인간의 두뇌를 최대한 활용한다면 인간에 의해 이루지 못할 것은 아무것도 없습니다.

'우리가 두려워할 것은 단 한 가지 두려움 그 자체다.'
인간의 무한한 능력의 장애요인은 할 수 없다는 두려움 그 자체입니다.
하면 할 수 있는데 하지 않는 것입니다.

'내 인생'이라는 연극

인생이라는 연극의 주연은 바로 나 자신입니다

한 사람이 극장에 들어갔습니다. 그곳에서는 〈내 인생〉이라는 연극이 상연된다고 했습니다.

연극의 내용이 궁금해진 그는 안내자에게 물었습니다.

"주연은 누구입니까?"

"당신입니다."

"네! 당신이라니, 저를 말씀하시는 겁니까?"

"그렇습니다."

"아니, 그렇다면 왜 진작 이야기해 주지 않았습니까? 알았다면 연습이라도 하고 나왔을 텐데요."

"이 연극에서는 연습이 필요 없습니다. 단 한 번뿐이니까요."

"앙코르 공연도 없단 말인가요?"

"예, 그렇습니다."

안내자는 또 부연 설명을 했습니다.

"이 연극은 성실하게 임하지 않으면 중도에 퇴장 명령을 받을 수도 있습니다."

"아니, 그러면 중도에 끝날 수도 있단 말입니까?"

"그렇습니다. 최선을 다하지 않으면 그것은 의미 없는 일에 불과하니까요. 한번 무대에 올라가 보세요."

그는 안내자의 조언에 따라 조심스럽게 무대에 올라갔습니다. 그러자 무대 위의 조명이 켜지고 그가 연기를 시작했습니다.

그 사람의 첫 연기는 숨을 크게 들이마시고 울음을 터뜨리는 일이었습니다.

'첫 출발은 언제나 어렵다.'
숨을 몰아쉬면서 울음을 터뜨리고 이 세상에 출현했듯이
시작은 참으로 기상천외했습니다.
올 때 알몸으로 왔다가 갈 때도 아무것도 가진 것 없이
빈손으로 가는 것이 인생입니다.

진정한 나의 가치

진정한 나의 가치는 내가 결정하는 것입니다

제자가 존재 가치에 대해 스승에게 물었습니다.

"오랜 시간 수련을 하였지만 아직도 인간의 진정한 가치를 모르겠습니다."

그러자 스승이 그 제자에게 번쩍이는 보석 한 개를 주면서 말했습니다.

"시장에 가서 이 보석의 값을 알아보거라. 단 어떤 값을 부른다 해도 팔지는 말아라."

제자는 받았지만 어디 가서 값을 물어야 할지 몰라 망설이다가 제일 먼저 과일가게에 들렀습니다. 그는 과일가게 주인에게 보석을 보여 주며 말했습니다.

"당신은 이 보석에 대한 대가로 나에게 무엇을 주시겠습니까?"

주인이 말했습니다.

"사과 두 알쯤이면 적당할 것 같은데요."

그러자 다음에는 야채가게로 가 그 주인에게 똑같이 물었습니다.

"배추 두 포기를 주겠소."

제자는 이번에는 대장간으로 갔습니다. 대장장이는 평소 보석에 대해 관심이 많았기 때문에 꽤 많은 돈을 주겠다고 했습니다.

제자는 몇 군데를 더 돌아다니다가 한 보석상 앞에서 걸음을 멈추었습니다. 그리고 문을 열고 들어가 보석을 주인에게 보여 주었습니다. 보석상 주인은 보석을 이리저리 자세히 살피더니 이렇게 말했습니다.

"이 귀한 보석을 대체 어디서 구했습니까? 이 보석은 돈으로는 계산할 수 없는 어마어마한 가치를 지니고 있습니다."

제자는 이 말을 듣고 보석을 가지고 스승에게 돌아갔습니다. 그리고 보석의 값을 알아봤던 일들을 낱낱이 말씀드리자 스승은 이렇게 말했습니다.

"이제야 너는 인간의 진정한 가치를 깨닫게 되었구나. 사람은 자신을 하찮은 사과 두 알, 배추 두 포기에 팔아넘길 수도 있고, 또는 얼마의 돈에 팔아넘길 수도 있다. 하지만 원한다면 돈으로 따질 수 없을 만큼의 고귀한 존재로 자신을 만들 수도 있다. 그 모든 것은 자신이 어떻게 생각하고 행동하느냐에 따라 가치의 기준이 달라질 수 있다."

스승은 작은 보석을 통해 무한한 가치를 지닌 자신을 들여다보도록 제자를 일깨우고자 했습니다.

'반짝인다고 다 금은 아니다.'
겉만 보고 내면의 것을 보지 못한다면 진실한 값을 말할 수 없습니다.
더더구나 인간의 가치는 천하를 주고도 바꿀 수 없는
귀한 중에 귀한 것입니다.

신은 마음속에 있다

고요히 내면을 응시하고 상대방만큼 존귀한 '나'를 느껴 보세요

신이 처음 세상을 창조했을 때는 모든 것이 평화로웠습니다. 그런데 인간을 창조해 놓고 보니 그들이 계속 불평만 해대고 서로를 미워하며 시기했기 때문에 세상은 곧 혼란스러워졌습니다.

세상을 다시 아름답고 평화롭게 만들기 위해 신은 인간을 파멸시키기로 마음먹었습니다. 하지만 천사들이 이에 반대했습니다.

"구태여 인간을 파멸시키려고 노력하실 필요는 없습니다. 단지 우리가 그들을 떠나버리면 되지 않겠습니까."

그러자 신이 천사에게 물었습니다.

"그러면 어디로 가는 것이 좋겠는가?"

"최고로 높은 산으로 가면 어떨까요?"

신은 고개를 가로저었습니다.

"그대는 아직도 모르고 있군. 아무리 높은 산이라도 인간들은 정복하고 말 것이네."

그러자 다른 천사가 말했습니다.

"달로 가는 것이 어떻겠습니까?"

"인간들은 머리를 이용해 달까지 쫓아올 것이네. 그들이 도저히 생각해낼 수 없는 곳을 말해 보게나."

그때까지 침묵을 지키고 있던 한 천사가 입을 열었습니다.

"우리들은 사람들 안에 숨어야 합니다. 그들은 모든 것을 밖에서 찾아 헤매지, 내면세계에는 무관심하여 결코 자신의 내면을 고요히 들여다보는 일 따위는 없을 것이니, 그곳에서 우리를 찾아내는 일은 아마 없을 겁니다."

'실수는 인간이 하고 용서는 하나님이 하신다.'
인간은 현명하다 해도 실수하게 마련이고
용서는 자비로운 하나님이 하신다는 뜻입니다.
누군가가 소중하다면 내가 소중하지 않을 리가 없습니다.

인생의 목적지를 아는 사람

먼 길을 왔는데 왜 왔는지 모르겠는가

할아버지가 일곱 살 된 손자에게 큰할아버지댁에 다녀오라고 심부름을 보냈습니다.

아이는 심부름을 가다가 풍선 장수가 예쁜 풍선을 팔고 있는 것을 한참 동안 넋을 잃고 바라보았습니다. 다시 길을 가다가 동네 친구를 만나 같이 구슬치기를 하며 재미있게 놀았습니다.

그리고 얼마쯤 지난 후 아이는 다시 길을 갔고, 어이없게 돌부리에 걸려 넘어지는 바람에 무릎이 깨졌습니다. 아이는 피를 쓱 닦고는 조금 쉬었다가 일어났습니다. 그렇게 시간이 지나 해 질 녘이 다 되어서야 큰할아버지댁에 도착했습니다.

큰할아버지는 아이를 보고 반갑게 맞으며 물었습니다.

"아니, 네가 이렇게 먼 길을 어떻게 혼자서 왔니?"

"할아버지 심부름 왔어요."

"그래, 무슨 심부름이니?"

"……."

어떻게 된 일인지 아이는 아무리 생각해 보아도 자기가 무슨 심부름으로 큰할아버지댁에 왔는지 전혀 기억이 나지 않았습니다. 먼 길을 오는 사이 딴 곳에 정신이 팔려, 왜 자기가 심부름을 왔는지 그만 잊어버린 것이었습니다. 아이는 이내 울상이 되었습니다.

그 모습을 본 큰할아버지가 아이의 어깨를 다독거려 주며 말했습니다.

"애야, 나는 너보다 더 먼 길을 걸어왔는데도 왜 여기까지 왔는지 아직도 정확하게 모르고 있단다."

'아이를 기르는 데는 마을이 필요하다.'
아이를 기르다 보면 가정도 필요하지만 사회에 같이 사는
친척도 더없이 필요합니다. 큰할아버지는 울상이 된
조카손자를 통해 당신이 살아온 인생의 행로를
알듯 모를 듯한 말로 위로한 것입니다.

속인들 좋으라고 콧물을 씻어!

남에게 보이기 위한 삶을 살 필요는 없다

위산衛山의 한 바위틈 굴속에 라찬이라는 선승禪僧이 숨어 살고 있었습니다.

당나라 숙종 황제는 어디서 들었는지 그 선승이 훌륭하다는 소문을 듣고 칙사(임금의 명령을 전달하는 특사)를 보내 국사로 모셔오도록 했습니다. 칙사가 황제의 명을 받들어 예물을 준비하고 갖은 위의威儀를 갖춘 후 선승을 찾아갔습니다.

라찬 선승은 기어들어 가고 나오는 바위틈 굴속에 쭈그리고 앉아 있었습니다.

칙사가 사람을 시켜 황제의 명을 받들어 왔으니 선승은

마땅히 일어나 예를 갖추고 조서를 받으라고 말했습니다.

그러나 선승은 들은 척도 하지 않고 쇠똥을 말려 피워놓은 불을 뒤적거리면서 그 속에서 익은 감자만 꺼내 먹고 있었습니다. 선승은 코에서 말간 콧물이 줄줄 나오는 것도 씻지 않은 채 감자만 먹을 뿐 아무런 반응도 보이질 않았습니다.

어이가 없어진 칙사가 웃으면서 한마디 던졌습니다.

"우선 그 콧물이나 좀 닦으십시오."

라찬 선승은 그제야 칙사를 힐끗 보더니 던지듯 대꾸했습니다.

"흥, 속인들 보기 좋으라고?"

선승은 핀잔만 주고는 끝내 코도 닦지 않고 일어나지도 않았습니다.

칙사는 하는 수 없이 되돌아가 황제에게 그대로 보고할 수밖에 없었습니다.

그 말을 전해 들은 숙종 황제는 그 후 더욱 라찬 선승을 우러러보고 사모했습니다.

'선의는 보이지 않는 자산이다.'
선의 그 자체는 보이지 않습니다. 그것은 행동이나 표정에서 나타나서 상대방을 행복하게 해 주고 덩달아 하는 일도 잘 되게 하는 귀한 자산인 것입니다.

뜻대로 해봐야

모든 것은 그 나름의 가치가 있습니다

화창한 봄날 씨앗 망태를 메고 들판에 나간 농부가 이랑에 거름을 주고 씨앗을 묻었습니다. 파란 싹이 올라오자 흙으로 잘 덮어주며 일 년 내내 땀 흘려 농사를 지었습니다. 그렇지만 가을에 거둔 수확량이 신통치 않자 농부는 너무나 화가 났습니다.

"태풍만 불지 않았어도 풍년이 들었을 텐데, 신은 너무도 농사에 대해 모른단 말야. 도대체 왜 태풍이 불게 하는 거야? 만약에 나한테 날씨를 조절할 수 있는 권한을 준다면 매년 풍년이 되게 하겠어."

잔뜩 화가 난 농부의 말을 들은 신이 그에게 말했습니다.

"좋다! 지금부터 네게 일 년 동안 날씨를 통제할 수 있는 권한을 주겠다. 원하는 게 있으면 뭐든지 주문만 하거라."

농부는 너무나 신이 나서 자신이 평소 생각한 대로 날씨에 대해 주문했습니다.

"저는 햇볕을 원합니다."

그러자 즉시 태양이 나타나 햇빛을 비추었습니다. 그리고 햇빛이 이만했으면 됐다 싶으면 이제 논바닥에 물이 필요하겠지 싶어 비를 원하면 비를 주고 바람을 원하면 바람을 살랑살랑 불어주었습니다.

신은 농부가 원하는 대로 일 년 동안 적당한 시기에 태양이 비치고, 적당한 시기에 비가 내리게 했다. 농작물은 무럭무럭 자라났습니다. 농부는 자부심이 가득 차서 말했습니다.

"이제는 신도 많이 배웠을 거야, 날씨를 어떻게 조절해야 되는지."

마침내 바라고 바라던 가을이 와 추수를 하게 되었다. 농부는 낫을 들고 벼를 베러 논으로 들어갔습니다. 논에 들어선 그는 가슴이 철렁하고 내려앉았습니다. 논에는 속이 텅 빈 쭉정이뿐이었습니다. 그때 신이 다가와 농부에게 물었습니다.

"수확량은 어떤가?"

"형편없습니다."

"참으로 이상한 일이구나! 모든 게 네가 원하는 대로 되었을 텐데?"

"정말 저도 그 이유를 모르겠습니다."

그러자 신이 말했습니다.

"너는 거센 바람이 뿌리를 튼튼하게 하고 저항력을 길러 주는 것에 대해서는 모르고 있었다. 너는 다만 비와 태양과 산들바람만 원하지 않았더냐. 그러니 논은 쭉정이 숲으로 우거지고 벼의 뿌리는 나약해져 열매로 가져갈 자양분을 빨아올릴 힘이 모자랄 수밖에 없었다. 그것이 네가 제대로 수확을 거두지 못한 이유다."

농부는 고개를 숙인 채 말이 없었습니다.

'모든 걸 잡으려다 모든 걸 잃는다'고 했습니다.
너무 욕심을 부리면 아무것도 얻지 못한다는 것을
인간들은 생각하지 못합니다.

스승이 볼 수 없는 곳

진정한 '사부'를 만난다는 것은 얼마나 환희에 찬 일인지요

많은 제자들을 거느리고 글을 가르치는 스승이 있었습니다.

어느 날 한 제자가 스승에게 말했습니다.

"선생님, 죄송한 말씀이지만 드릴 말씀이 있습니다. 스승님께서는 많은 제자들 가운데 유독 한 제자만을 편애하시는 듯합니다."

"아하. 내가 그렇게 편애하는 것처럼 보이더냐?"

제자의 말을 들은 스승은 곰곰이 생각을 하다가 다음 날 제자들을 모두 불러 놓고 이렇게 말했습니다.

"그래 오늘은 나가서 각자 참새를 한 마리씩 잡아오너라."

제자들이 뛰어나가 저마다 참새 한 마리씩을 잡아오자 스

승은 다시 이렇게 말했습니다.

"너희들은 각자 그 참새를 가지고 내가 볼 수 없는 곳으로 가서 죽이고 오너라."

제자들은 무슨 영문인지 몰랐지만, 묵묵히 그 지시를 따랐습니다. 그런데 잠시 후에 여러 제자들이 참새를 죽이고 돌아왔지만, 한 제자만은 스승의 지시를 어기고 참새를 그냥 살려 가지고 돌아왔습니다.

여러 제자들이 보는 앞에서 스승이 그 제자에게 물었습니다.

"너는 어째서 그 참새를 죽이지 않았느냐?"

"스승님께서는 스승님이 볼 수 없는 곳으로 가서 이 참새를 죽이라 하셨습니다. 하지만 그런 곳은 존재하지 않았습니다."

스승은 나머지 제자들을 향해 말했습니다.

"자, 보아라. 내가 누군가 한 사람을 편애하지 않을 수 있겠느냐?"

'큰 참나무도 작은 도토리에서 나온다.'
큰 성공은 종종 아주 작은 데서 시작됩니다.
진정한 노력 없이 성공을 꿈꾸는 우리가 뒤돌아
곰곰이 생각해 볼 말입니다

자기를 알고 행한다는 것

자기를 알고 행하면 거리낄 일이 없습니다

노나라에 한 선비가 고고한 품행으로 진실한 삶을 살고 있었습니다.

그런데 어느 날 폭풍우가 심하게 몰아쳐 이웃집 지붕이 바람에 날아가 버렸습니다. 그 집에는 젊은 여인이 홀로 살고 있었는데 지붕이 날아가 의지할 데가 없자 선비네 집을 찾아와 자기의 딱한 사정을 이야기하고 아침까지만 재워 달라고 간청했습니다. 그러나 선비는 있을 수 없는 일이라며 거절하고 문을 열어 주지 않았습니다. 그녀는 조르다 못해, 이렇게 말했습니다.

"당신은 어쩌면 그렇게도 모집니까? 이렇게 바람 불고 폭우가 쏟아지는데 그만한 청도 안 들어주시면서 선비란 말씀입니까?"

그러자 그 선비는 젊은 여인에게 말했습니다.

"젊은 남녀가 밤중에 어떻게 한방에서 같이 있겠소?"

완강히 거절하자 여자가 참다못해 냉정하게 말했습니다.

"무슨 졸렬한 말씀입니까? 옛날 유하혜下惠는 모진 추위에 몸이 언 여인을 안아서 자기 체온으로 녹여 소생케 하였다 하지 않습니까? 그랬어도 사람들은 유하혜를 칭찬을 했으면 했지, 누구 한 사람 호색한 사내라고는 하지 않았습니다."

그녀는 유하혜의 예를 들며 간청했습니다. 그러자 선비가 젊은 여인에게 말했습니다.

"유하혜라면 여자에게 혹하지 않을 만큼 자신이 있었지만, 나는 그럴 자신이 없습니다. 그렇기 때문에 자신 없는 짓은 아예 아니하려 합니다."

이렇게 주고받은 이야기를 그 후 공자가 듣고 한마디 덧붙여 말했습니다.

"그 선비는 유하혜의 정신을 터득했다. 유하혜는 그런 일을 할 수 있었으니까 그렇게 했지만, 이 선비는 도저히 자신이 없는지라 거절할 수밖에 없었으니 모두가 자기를 알고 한 행동이었다."

'스스로를 신뢰하는 순간
어떻게 살아야 할지 깨닫게 된다.'
우리는 자기 자신을 얼마나 알고 있고
또 신뢰하고 있습니까.

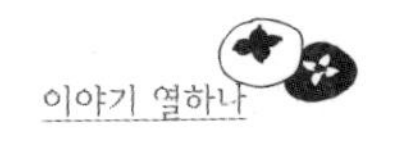

막힘없는 마음

막힘없는 마음은 초연할 줄 아는 사람만이 가능합니다

철학자로 유명한 정명도程明道 형제가 잔칫집에 초대를 받아 나란히 가게 되었습니다.

형 명도가 한잔 술이 들어가자 잔칫집 분위기를 살리기 위해 일어나서 덩실덩실 춤을 추었습니다.

이를 본 동생 이천伊川은 학자로서의 고고한 기품을 일시에 다 놓아버린 듯 진탕 마시고 기생과 어울려 노는 형의 모습이 몹시 못마땅했습니다. 동생은 시종 근엄하게 앉아 자세를 흐트러뜨리지 않고 형만 바라보았습니다. 바라볼수록 군자의 채신도 잊어버린 채 한갓 천한 계집과 서슴없이 놀아나는 형의 꼴이 몹시 실망스러울 뿐이었습니다. 그러나 형인지라 씩씩거리기만 할 뿐 감히 어떻게 할 수는 없고 해서 분만 삭이고 있었습니다.

애써 참고 기다리던 동생은 집에 돌아오자마자, 형에게 한마디 했습니다.

"형님! 어찌 그러실 수가 있소? 아까 잔칫집에서는 너무 지나치시지 않았습니까?"

동생 이천이 형에게 모처럼 큰맘 먹고 한마디를 내뱉었습니다. 그러자 형은 동생을 바라보며 웃을 뿐 별말이 없었습니다. 동생이 원망스런 표정을 짓자 그제야 조용히 말했습니다.

"하하, 동생! 동생은 아직도 잔칫집에 있구먼."

형은 이미 잔칫집의 일은 잊어버린 채 다시금 학자로 돌아와 본래의 모습인데, 동생은 잔칫집에서 형에게 느낀 그 못마땅한 마음을 집까지 가져와 형에게 내놓은 것입니다.

'담 밖에 있는 잔디가 더 푸르다.'
남의 떡이 더 커 보인다고 했습니다.
같은 것이라도 남의 것이 제 것보다 더 좋아 보인다는 말입니다.
마찬가지로 어제의 언짢은 마음을 오늘까지 가지고 있는 것은
흐렸던 어제의 날씨를 생각하느라고
밝은 아침 태양을 놓치는 것과 같을 것입니다.
사람은 맺고 끊는 것이 분명해야 합니다.

자신을 알기 위해 뛴다

매순간 자신을 알기 위해 깨어 있어야 한다

세계적인 마라토너들이 모인 보스턴 마라톤대회에서 여자부 우승을 한 선수가 인터뷰를 했습니다.

아나운서가 우승을 차지한 여자 선수에게 달려가 질문을 던졌습니다.

"당신은 어째서 마라톤 선수가 되었습니까? 마라톤이라는 경기가 당신을 즐겁게 해 주었습니까?"

선수가 지친 얼굴로 숨을 몰아쉬며 아나운서에게 대답했습니다.

"아닙니다. 즐겁기는커녕 마지막 골인 지점을 남겨놓고는 너무 고통스러워 몇 번이나 포기하고 싶은 마음을 가진 적이 한두 번이 아니었습니다."

아나운서의 질문이 계속되었습니다.

"그런데 당신은 어째서 그렇게 고통스러운 마라톤을 택했습니까?"

그녀가 대답했습니다.

"그건 나를 확인하기 위해서입니다. 무한히 힘든 일에 도전하여 극한까지 가는 고통을 극복하기 전까지는 도대체 내가 누구인지, 그리고 어떠한 잠재 능력을 지닌 사람인지 알 수 없었기 때문입니다."

누구든지 자신의 일은 자신이 제일 잘 압니다. 과부가 과부의 마음을 안다는 말처럼 극한 상황에서 경기를 뛰어본 사람만이 그 사정을 알 수 있습니다. 제삼자인 구경꾼은 그 마음을 읽을 수 없습니다.

'인생은 마라톤이다.'
자신과의 투쟁이며 자신을
알아가는 긴 과정이기도 합니다.

신을 사랑하는 마음

누군가를 때때로 기억한다는 것은 사랑의 다른 이름이다

자신이 세상에서 가장 신을 잘 섬기고 깊이 사랑하는 사람이라고 생각하는 젊은이가 있었습니다.

신이 그런 그의 마음을 꿰뚫어 보고는 하루는 이런 말을 해 주었습니다.

"여기서 동쪽으로 백 리쯤 떨어진 곳에 가면 나를 극진히 사랑하는 누군가를 만나게 될 것이다."

그는 깜짝 놀랐습니다. 이 세상에 자기보다 더 신을 사랑하는 사람이 있다니 믿을 수가 없었습니다.

"허허, 나보다 더 신을 사랑하는 사람이 있다니 믿어지지 않는 소린데."

그는 즉시 그 마을을 향해 떠났고, 그곳에서 한 농부를 만나게 되었습니다.

그 농부는 아침 일찍 일어나서 일을 나가기 전에 간단하게 신을 향해 기도하고는 밭으로 나가 일을 하다가 밤늦게 피곤한 몸으로 집에 돌아와 다시 신의 이름을 부르며 기도하고 찬미하더니 그대로 잠에 곯아떨어졌습니다.

"흥, 저게 무슨 신을 지극히 사랑하는 거야? 겨우 하루에 두 번밖에 기도를 올리지 않는데 말야."

바로 그때 신이 젊은이에게 말했습니다.

"지금 작은 통에 우유를 가득 담아 들고 마을을 한 바퀴 돌고 오너라. 대신 단 한 방울의 우유도 흘려서는 안 된다. 알겠느냐?"

그는 곧 섬김으로 받드는 신의 지시대로 행했습니다. 그가 작은 통을 들고 조심스럽게 마을을 한 바퀴 돌고 한참 만에 나타나자 신이 그에게 물었습니다.

"너는 한 방울의 우유도 떨어뜨리지 않았겠지?"

"누구의 지시인데 그를 어기겠습니까? 보십시오. 한 방울의 우유도 흘리지 않았습니다."

젊은이의 말을 듣고 난 신이 말했습니다.

"그럼 넌 마을을 돌면서 몇 번이나 나를 생각했느냐?"

"아, 한 번도 생각하지 못했습니다. 우유를 단 한 방울도 흘려서는 안 된다는 말씀에 신경 쓰다 보니 사랑하는 신을 생각할 겨를이 없었습니다."

그의 말을 들은 신이 말했습니다.

"보아라, 너는 겨우 우유통 하나 들고 가는 일로 나를 완전히 잊어버렸지만, 저 농부는 먹여 살릴 가족까지 딸린 사람인데 하루에 두 번씩이나 나를 기억하고 있지 않느냐?"

'인생은 그것이 무엇인지 알기도 전에 반이 지나간다.'
사람은 남이 하는 일은 하찮고
자기가 하는 일은 크고 가치 있다고 생각합니다.
믿음의 깊이나 높이도 마찬가지입니다.
그래서 인생을 배우는 데는
시간이 많이 걸리는 법입니다.

누가 더 부자인가

자연 속에 깃들인 수많은 보물들을 볼 줄 아는
당신이 참으로 아름답습니다

부자 아버지가 아들이 너무 호강한 생활에만 익숙해 있는 것이 걱정이 되어 아들에게 가난한 것이 무엇인지 알려주기 위해 도시를 떠나 시골로 여행을 갔습니다.

여행을 떠나고 며칠 후 그들은 찢어지게 가난한 시골집에서 하루를 묵게 되었습니다. 그 집에서 하루를 지내고 다음날 길을 나서며 아버지가 아들에게 물었습니다.

"이번 여행에서 무엇을 느꼈느냐? 네가 느낀 대로 말해보거라."

"아버지, 정말 좋은 것을 체험했습니다."

"오, 그래? 그거 다행이구나. 가난한 사람들이 어떻게 살고 있는지 잘 보았겠지?"

"예, 똑똑히 보았습니다."

"그래 마음속에 무엇을 느꼈느냐?"

"예, 우리 집과는 다른 많은 것을 보았습니다. 우리 집에는 개가 한 마리뿐인데 그 집에는 네 마리나 있었습니다. 그리고 우리 집 풀장은 정원 중간에 있는데 이 시골집에는 끝도 없이 넓은 호수가 있었습니다."

아버지는 전혀 예상하지 못한 아들의 이야기에 깜짝 놀랐지만 아들은 계속 이야기를 이어갔습니다.

"우리 집 정원에는 단지 몇 개의 램프가 있을 뿐이지만 이 시골집에는 수를 셀 수 없을 정도로 많은 별들이 램프가 되어 걸려 있었습니다. 또 우리 집 마당은 담장 친 데가 끝인데 이 집의 뜰은 지평선이 닿는 곳까지 뻗어 있었습니다.

겉은 비록 초라하지만 아름다운 자연 속에 살고 있는 이 집의 사람들이 더 부자 같았습니다."

아들은 아버지가 생각한 그런 가난한 생활이 아닌 그 이면의 소중한 것을 보고 있었습니다.

겉으로만 드러나 보이는 가난한 삶을 보여주려 했던 아버지는 아들의 마음의 눈에 귀가 번쩍 뜨이는 것이었습니다. 평생을 살면서 느껴보지 못한 감동을 아들에게 들은 것입니다.

인간은 신 즉 하나님을 부정하며 살고 있습니다. 그러나 바울 선생은 '피조세계를 보고도 하나님의 실존과 능력을 부인하는 것은 핑계가 되지 않는다'고 했습니다.

자연의 넓은 정원 그리고 하늘의 수많은 별들이 램프로 보였던 아들의 눈이야말로 핑계를 댈 수 없는 진실한 눈일 것입니다.

'고양이가 떠나니 쥐가 맘 놓고 논다'고
못난 사람만 있는 곳에서 잘난 체하는 못난 사람이
되지 말고 자기가 쳐 놓은 울타리를 벗어나야
넓은 세계를 볼 수 있을 것입니다.

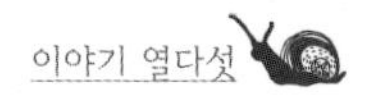

느긋한 마음

느긋한 마음이 삶의 질을 높여줍니다

세계적인 등산가 영국의 조지 말로리가 에베레스트로 원정을 가기 위해 등반장비를 꾸리고 있을 때였습니다. 출발 직전 기자들의 질문에 그는 이렇게 대답했습니다.

"왜 산에 올라가는가?"

"거기 산이 있기 때문에."

조지 말로리는 제1차 등반 때 노드 콜을 발견하고 정상을 정복했습니다. 그리고 또 3차 원정에 나섰는데 그는 결국 돌아오지 못했습니다. 그가 정상을 향해 오르는 모습은 멀리 아래에서 보였으나 끝내는 돌아오지 못하고 다음과 같은 말을 남기고 저세상으로 갔습니다.

"왜 사는가?"

"삶이 주어졌기 때문에."

우리는 '산다'든가 '살아간다'든가 '잘 산다'는 말을 합니다. 마냥 순탄하고 즐겁기만 하다면야 삶에 무슨 맛이 있겠습니까.

"나는 왜 호흡하는가?"

"하지 않으면 죽기 때문에."

참으로 느긋한 말입니다.

이왕 주어진 삶, 너무 조바심내고 애태우며 살지 말고 조금 느긋하고 여유롭게 사는 법을 익혀야 하지 않을까요.

'현명한 사람은 경우에 따라 자기의 마음을 바꾼다.'
마음 한 번 바꾸면 천국이고 마음 한 번 바꾸면 새로운 세상인데
사람들은 그 마음을 바꾸기가 쉽지 않습니다.

장님의 등불

우리는 한 가지 생각에 매여 자칫 융통성을 잃기 쉽다

장님이 밤에 놀러 갔다가 밤늦게 자기 집으로 돌아오려고 하는데 그 집 주인이 장님에게 등불을 하나 들려주었습니다. 그러자 장님은 등불을 물리치며 화를 버럭 냈습니다.

"세상 사람이 다 소경을 조롱한다고 당신까지 나를 조롱하는 겁니까. 소경인 내가 등불을 가진들 무슨 소용이 있겠습니까?"

그러자 그 주인 대답이 이러했습니다.

"당신은 장님이므로 소용이 없을지 몰라도 맞은편에서 오는 사람은 그 등불을 보고 피할 수 있을 게 아니오? 그러니 이 등불을 가지고 가시오."

장님은 과연 그렇다고 생각하여 등불을 받아들고 그의 따뜻한 배려에 감사하며 어두운 길을 더듬어 갔습니다. 등불 때문에 한참 동안을 잘 간다 싶었는데 갑자기 웬 사람과 그만 꽝 부딪치고 말았습니다. 장님은 노발대발하며 호통을 쳤습니다. 그 사람도 어이없다는 듯이 화를 냈습니다.

"어두운 밤에 잘 볼 수가 없으니 서로 맞부딪히기가 십상이 아니요?"

그러자 그 장님이 상대방에게 말했습니다.

"아니, 당신은 눈 뜬 사람인데 등불도 보이지 않소?"

"불은 무슨 불이요, 꺼진 등이 보이지도 않소?"

장님은 오는 길에 바람이 불어 등불이 꺼진 줄도 모른 채 계속 들고 갔던 것입니다. 장님의 말에 그 사람이 어처구니가 없다는 듯이 말했습니다. 장님은 아무 말도 못하고, 자기가 한 가지 생각밖에 하지 못하는 사람임을 깨달았습니다.

'부화하기 전에 병아리를 세지 말라.'
일을 하기도 전에 셈하여 쓸 곳을 계산하는 것처럼
손에 등불만 들렸다고 길을 다 간 것이 아닙니다.
예측은 맞을 수도 있지만 틀릴 때도 있습니다.

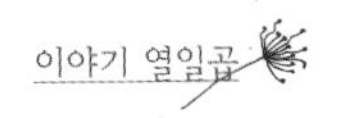

잘 살아야 잘 죽는다

정말 잘 살아야 잘 죽을 수 있습니다

나이가 백 살이 넘은 왕이 있었습니다. 그는 자식을 백 명이나 두고 풍요로운 생활을 누리고 있었습니다. 그런 왕이 죽음을 맞이하게 되었습니다.

죽음을 안내하는 사자가 왕에게 말했습니다.

"안녕하십니까. 이제 나와 같이 떠날 시간이 되었습니다."

죽음의 사자가 동행하기를 권했으나 그는 듣지 않았습니다.

왕은 지금 죽기에는 너무 억울하다는 생각이 들었던 것입니다. 그래서 죽음의 사자에게 통사정을 하였습니다.

"내 많은 아들 중의 하나를 나 대신 데려갈 수는 없겠소? 난 아직 제대로 내 인생을 살아보지도 못했소. 나라의 일을 보살피느라 너무 바빠서 말이오."

죽음의 사자는 그가 비통하게 이야기하는 것이 하도 불쌍하게 보여 이렇게 말했습니다.

"좋소. 그러나 그대의 아들 중에서 스스로 아버지 대신 죽겠다고 말하는 자가 있어야 하오."

그렇지만 아들 중에서 아무도 선뜻 나서는 사람이 없었습니다. 그러던 차에 어린 막내아들이 가까이 다가오더니 말했습니다.

"제가 아버지를 대신해서 죽겠습니다."

죽음의 사자가 막내아들에게 말했습니다.

"넌 너무 어려서 아직 무엇을 모르는 모양이구나. 어린 네가 왜 나서느냐?"

막내아들이 대답했습니다.

"아버지께서는 백 년을 넘게 사셨지만 아쉬워하고 계십니다. 그렇다면 저도 그럴 것이 아닙니까? 결국 더 산다고 하더라도 아쉬운 것은 마찬가지일 테니까요."

막내아들이 죽음의 사자에게 잡혀간 뒤, 다시 백 년이 흘렀습니다. 그리고 다시 죽음의 사자가 왕에게 찾아왔습니다.

그러나 왕의 욕심은 끝이 없었고, 결국 아들 중에 또 한 명이 다시 그를 대신하여 죽음의 세계로 잡혀가고 말았습니다. 그리고 그런 일이 계속 이어졌습니다. 매번 아들 하나가 대신 목숨을 바쳤고 아버지는 살아남았습니다.

그가 천 살이 되었을 때, 죽음의 사자가 다시 와서 물었습니다.

"이번에도 다른 아들을 데려갈까요?"

그러자 왕은 고개를 흔들며 말했습니다.

"아니오. 이젠 천 년이라도 소용없다는 것을 깨달았소."

이번에도 아들 중의 하나를 데리고 가려고 준비하던 죽음의 사자가 깜짝 놀라 왕을 쳐다보았습니다. 왕은 담담하게 말을 이었습니다.

"시간이 아니라 마음이 문제였다는 걸 몰랐습니다. 백 년의 시간이 열 번이나 계속 이어졌지만, 나는 그때마다 다시 쓸데없는 일에 시간을 허비하고 있었습니다. 나는 삶을 낭비하는 데 익숙해져 있었던 것입니다. 이제 시간은 나에게 아무런 도움이 안 된다는 걸 깨달았습니다."

그리고 왕은 죽음의 사자를 따라나섰습니다.

'탐욕은 끝이 없다.'
백 년을 산 뒤에 백 년을 더 살아도
아쉬움은 남는 법입니다.
끝없는 것이 인간의 바람입니다.

누구의 것인가

어떤 것이든 내게서 나간 것은 반드시 되돌아온다

석가모니가 왕사성 죽림竹林정사에 있을 때의 일입니다. 하루는 한 브라만Brahman이 몹시 성이 나서 찾아왔습니다. 그의 친척 중의 하나가 출가하여 수행한다고 산으로 들어가 일할 사람이 없어서 그 집 살림살이가 말이 아니라 항의하러 나선 것입니다.

설혹 진리를 깨닫기 위해서라도 집안 살림살이를 돌보면서 해야지, 아예 집을 떠나 산속에서 마냥 수도만 하면 어떻게 하겠느냐는 것이었습니다.

그가 노발대발하며 온갖 욕설을 퍼붓고 비난하는 것을 묵묵히 듣고 있다가 이윽고 조금 조용해지자 석가모니가 그를 향해 차분히 말했습니다.

"브라만이여, 그대의 집에도 때론 손님이 찾아오는 경우가 있겠지요?"

"그렇습니다. 사람이 사는데 손님이 안 찾아오겠습니까."

"브라만이여, 그러면 그때 손님을 위해 여러 가지 맛있는 음식을 대접하는 일도 있겠군요."

"석가여, 손님이 왔는데 물론 음식을 차려 대접해야 도리가 아니겠습니까?"

"그럼, 그 손님이 차려 놓은 상을 받지 않는다면 그 음식은 누구의 것이 되겠습니까?"

"받지 않는다면야 물론 그것은 도로 내 것이 될 수밖에 없겠지요."

그러자 석가모니는 물끄러미 그의 얼굴을 바라보며 말했습니다.

"브라만이여, 오늘 그대는 내 앞에서 여러 가지 나쁜 말과 온갖 욕설을 가지고 나를 대접했소. 그러나 나는 그것을 하나도 받지 않았소. 그렇다면 그것은 다시 그대의 것이 될 수밖에 없지 않겠소."

석가모니는 브라만을 향하여 다시 입을 열었습니다.

"브라만이여, 만일 내가 당신의 욕설을 듣고 그 욕설을 되받아 나도 욕을 했다면 그것은 주인과 손님이 한자리에 앉아 권커니 잣거니 주고받으며 먹고 마시는 것이 되었을게 요. 그러나 나는 그런 대접을 사양하겠소이다."

브라만은 그 이야기를 듣고 한참 생각하더니 조용히 고개를 숙이고 있다가 슬그머니 자리를 떠났습니다.

하늘을 향해 침을 뱉으면 자기 얼굴에 떨어집니다.
바람을 향해 겨를 뿌리면 자기에게 불어와 눈을 뜰 수가 없게 됩니다.
내게서 나간 모든 것은 언젠가 반드시 내게 되돌아오는 것입니다.

겸손을 배워라

누구에게나 배워야 할 것은 있습니다

이상하게 말썽만 부리는 학생이 있었습니다. 그 학생은 참을성도 없고, 걸핏하면 친구들과 싸우려고 들었습니다. 청소도 하지 않을 뿐만 아니라 오히려 남이 하는 일을 방해하고 비아냥거리기가 일쑤였습니다. 입을 열면 그는 비난, 불평, 욕지거리뿐이었습니다.

결국 그 학생은 친구들의 따돌림을 받게 되었고 학교와 기숙사 생활에 적응하지 못하고 짐을 꾸려 자기 집으로 돌아가고 말았습니다.

그런데 그 학생이 떠났다는 소식을 들은 교장 선생님은 당장 그 학생의 뒤를 따라가 다시 학교로 돌아오라고 그를 설득했습니다.

그러나 한번 마음이 떠난 학생은 교장 선생님의 말을 들으려고 하지 않고 그 자리를 벗어나려고만 했습니다. 그러자 교장 선생님은 그 학생에게 거부하기 힘든 파격적인 제의를 했습니다.

"만약 네가 돌아온다면 특별히 장학금을 지급하고, 또 매달 쓸 수 있는 용돈도 주겠다."

뜻밖의 제안을 들은 학생은 며칠을 두고 고민하다가 죽기 아니면 까무러치기라고 생각했습니다.

그리고 마침내 그 학생은 다시 학교로 돌아오게 되었습니다. 그런데 이제는 학교 내에 있는 학생들이 수군거렸습니다. 공부는커녕 행실도 바르지 못한 학생에게 장학금도 모자라 용돈까지 준다니 어이가 없었기 때문이었습니다.

학생들의 불만이 점점 커지는 것을 알아차린 교장 선생님이 학생들을 큰 강당에 불러 모은 뒤 말했습니다.

"그 학생은 빵에 넣는 이스트와 같습니다. 이 학생이 없다면 여러분들은 진정으로 배울 거리가 없을 것입니다. 여러분은 그를 통해서 분노에 대해, 조급함에 대해, 그리고 이기심과 이해심에 대해 배우고 있는 중입니다. 바로 그런 것들을 배우기 위해 그 교육의 대가로 돈을 내는 것이 아닙니까? 교장인 나는 그 돈으로 이 학생을 이곳에 머무르게 한 것입니다. 따라서 여러분들은 겸손한 것이 훌륭한 스승이라는 사실을 깊이 깨달을 수 있었던 것입니다."

교장 선생님은 이론이 아닌 학생을 산 교재로 활용하기 위해 다시 불러들였던 것입니다.

'실제로 하는 것이 배우는 것이다.'
보고 듣는 것이 교육입니다.
자신이 직접 해보는 것이 가장 효과적인 교육입니다.
이것이 체험교육입니다.

몸은
진리를 담는 그릇

몸은 진리를 담는 그릇이니 늘 건강하십시오

한 성주가 수도자에게 다가가 조용히 물었습니다.

"수도자들도 우리 속인처럼 자기 몸을 아낍니까?"

"그렇지 않습니다."

"그렇지만 당신들도 우리와 같이 밥을 먹고 옷을 입지 않습니까? 그게 다 몸을 아끼는 이치가 아닙니까?"

"암, 옷을 입고 밥을 먹지요."

"그럼 몸을 아낀다는 말 아닙니까?

"성주님, 당신은 여러 번 전쟁에 나가 싸우다 부상을 당한 일이 있지요?"

“그렇습니다.”

“그런 경우 당신은 그 상처에 약을 바르거나 붕대를 감는 등 여러 가지로 치료하지 않습니까?”

“그렇습니다. 그야 당연한 일 아닙니까?”

“그럼 당신이 그 상처를 소중히 보호하고 세심하게 주의를 기울인 것은 그 상처가 귀엽고 사랑스럽기 때문인가요?”

“아닙니다. 상처가 사랑스러워서가 아니라 상처를 아물게 하기 위해서입니다.”

“바로 그것입니다. 우리네 수도자가 몸을 보호하는 것도 그와 같아서 몸에 애착이 있어서가 아니라 인생의 진리를 깨닫기 위해 몸을 돌보는 것입니다. 진리를 미처 깨닫기도 전에 몸을 버린다면 진리를 담는 그릇이 없어져 버리는 것과 같기 때문에 몸을 보호하고 위하는 것입니다.”

너희 몸은 너희가 하나님께로부터 받은바
너희 가운데 계신 성령의 전인 줄을 알지 못하느냐.
너희는 너희의 것이 아니라 값으로 산 것이 되었으니
너희 몸으로 하나님께 영광을 돌리라.
—고린도전서 6:19-20

통합된 삶이 비전 있는 삶

비전 있는 삶은 스스로의 선택으로 만들어집니다

서점가에 《절반의 성공》이란 시집이 나와 세간의 이목을 끈 적이 있습니다. 그 '절반의 성공'이란 말처럼 반쪽이라는 생각도, 또 쪼개진 삶이란 말도 의미를 함축하고 있습니다.

대부분의 사람들은 '쪼개진' 삶을 살아가고 있습니다. 쪼개진 삶이란 먹고살기 위해, 살아남기 위해 어쩔 수 없이 살아가는 삶과 내 마음껏 하고 싶은 것을 자유롭게 하면서 살아가는 삶, 이 두 가지를 말합니다. 많은 사람들이 이렇게 이쪽과 저쪽이라는 양분된 삶 속에서 그사이를 왔다 갔다 하며 하루하루를 살고 있습니다.

샐러리맨이라면 출근해서 퇴근할 때까지 싫으나 좋으나

하루에 주어진 일을 해야 하고, 그리고 퇴근 후부터 다음 날 아침 출근할 때까지 자기 나름대로 자기 생활을 합니다. 그리고 얼마간 자투리 시간을 내 자기를 관조하기도 합니다.

대부분의 사람들은 하루를 사회의 일반적인 규칙과 제도에 얽매여 어쩔 수 없이 살아갑니다. 그러나 마음 한편으론 친구에게 전화를 걸어 수다를 떤다든지 밖에 나가 운동을 한다든지 나름대로 시간을 쪼개 자신의 시간을 갖기를 원합니다. 결국 자유로운 생활의 이쪽과 얽매인 저쪽을 왔다 갔다 하면서 살고 있는 것입니다.

그런데 문제는 이런 쪼개진 삶은 내가 스스로 선택한 생활이 아니기 때문에 자칫 패배의식에 사로잡혀 수동적일 뿐만 아니라 생기발랄한 활기와 어떻게 살겠다는 방향성을 상실하게 할 수도 있습니다. 따라서 자칫 끌려가는 삶이 되며, 결국 참담한 삶을 살게 되고 마는 것입니다.

이러한 쪼개진 삶은 생각해 보면 유치원 때부터 교육이라는 이름 아래 시작됩니다. 이는 유치원에서 공부하는 시간과 노는 시간을 구분하면서부터 나중에 직장에서 정년퇴직을 할 때까지 계속됩니다.

그러나 역사 속에 이름을 남긴 훌륭한 사람들은 쪼개진 삶이 아니라 나름 통합된 삶을 살아갔습니다. 그런 사람에게 '어쩔 수 없는 시간'이란 존재하지 않습니다. 왜냐하면,

앞으로 새로운 삶을 이루기 위해서는 건강도 관리해야 되고, 친구도 많이 사귀어야 하고, 전문적인 지식과 기술 등 자기 나름대로의 노하우를 쌓아 나가야 하기 때문입니다. 누가 시킨다고 해서 하고, 하지 말라고 해서 그만두지 않습니다. '뜻이 있는 곳에 길이 있다'는 말처럼 바람직한 비전이 있을 때 쪼개진 삶을 벗어버리고 하나로 통합된 자유로운 삶을 살아갈 수 있습니다.

삶은 하나의 강입니다.
강을 건너기 위해 나룻배가 필요하듯이
삶을 순조롭게 헤쳐나가기 위해 배움도 필요한 것입니다.
결국 살아간다는 것은 나를 찾아가는 길이며,
내가 도달해야 할 곳은 참 자아의
발견이라는 진리의 동산입니다.

도道로 천하를 건지다

적재적소에 자신의 능력을 발휘할 수 있도록
늘 깨어 있어야 합니다

제나라의 유명한 변사辯士(입담이 좋아서 말을 잘하는 사람)인 순우곤이 맹자를 변론으로 시험하려고 한마디 던졌습니다.

"외간 남자와 외간 여자가 직접 주고받지 않는 것이 예禮인가요?"

"그러하오."

"그렇다면 그의 형수가 물에 빠졌을 때는 시동생이 손을 잡아 끌어올릴 수도 없지 않겠소?"

"형수가 물에 빠진 것을 보고도 내버려둔다면 이것은 승냥이나 다를 게 없소. 남녀가 직접 주고받지 않는 것은 예법禮法이고, 형수가 물에 빠졌을 때 건지는 것은 권도權導라는 것이오.”

“지금 천하가 온통 물에 빠져 있는데 선생께서 나와 건지려 하지 않는 것은 어째서인가요?”

“천하가 빠진 것은 도道로써 건지고 형수가 빠진 것은 손으로 건져야 합니다. 그런데 당신은 손으로 천하를 건질 생각이시오?”

도는 사람을 위해 있습니다.
따라서 사람을 부처님처럼, 예수님처럼 섬겨야 합니다.
자칫 절 사람들은 나무로 깎아 만든 부처만 섬길 수 있습니다.
사람이 부처인데, 사람이 하나님인데
그래서 내 안에 하나님이 계신다고 했는데
건물 꼭대기에 있는 십자가만 섬기는 수가 있습니다.
그런데 무슨 도가 필요하겠습니까?

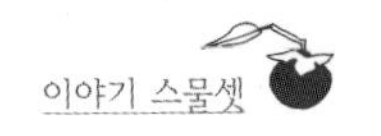

사람의 마음을 사로잡는 비전

삶의 비전은 당신을 보다 열정적으로 만듭니다

요리하면 프랑스지만 별별 희한한 요리가 다 있습니다. 그중에 인상 깊은 것은 개구리 요리입니다. 이 요리는 손님이 앉아 있는 식탁 위에 냄비를 가져다 놓고 직접 보는 앞에서 개구리를 산 채로 넣고 조리합니다.

이때 냄비의 물이 너무 뜨거우면 개구리가 풀쩍 튀어나오기 때문에 처음에는 개구리가 좋아하는 온도의 물을 붓습니다. 그러면 개구리는 따뜻한 물에 아주 기분 좋은 듯이 가만히 엎드려 있습니다. 바로 이때부터 약한 불로 서서히 물을 데우기 시작합니다. 아주 느린 속도로 천천히 가열하기 때문에 개구리는 자기가 삶아지고 있다는 것도 모른 채 기분 좋게 잠을 자면서 죽어 가게 됩니다. 이렇게 푹 삶아져 흐물흐물해지고 맙니다.

그런데 이런 현상은 사람도 마찬가지입니다. 당장 먹고사는 걱정은 없으니까 하는 안일한 생각이 또는 다른 사람들보다 내가 조금은 앞서고 나으니까 하는 생각이, 서서히 삶아지게 하는 물입니다. 또한 친구도 있고 굳이 걱정거리를 사서 만들 필요가 없으니까 이만하면 되겠지 하는 생각에 빠져 하루하루를 살아가고 있는 자체가 서서히 데워지고 물에 익혀지는 과정입니다.

사실 역사를 보면 대로마 제국도 누가 쳐들어와서 망한 것이 아니다. 내부에서 무사안일과 사치로 서서히 무너졌습니다. 우리나라의 천 년 사직 신라도 미리미리 대비하지 못하고 무사안일에 빠졌다가 무너져 내렸습니다. 국민들의 마음을 사로잡는 비전이 사라지게 되면 국가 조직도 목표의식이 없어져 어떻게 무너지는지도 모른 채 무너져 내리게 됩니다.

개구리의 예에서 보듯이 개인이나 국가나 삶의 비전이 있어야 합니다. 깨어 있다는 것은 어떻게 살 것인가 고민하는 것입니다.

그리고 마침내 살아갈 길을 정하고 남들이 뭐라고 하든 묵묵히 목표를 향해 앞으로 나아가는 것, 그것이 비전을 가진 풋대입니다. 그래서 희망을 버리면 모든 것을 버린 것과 같다고 했던 것입니다.

모든 진보는
익숙한 영역이 아닌 곳에서 이루어집니다.
–마이클 존 보박–

조금 기다리면 희망이 온다

밤하늘의 별을 바라볼 수 있는 사람에게 희망을 걸어본다

간혹 우리는 여행을 하다가 해가 저물어 자신이 타고 갈 막차를 놓쳐 버리고 난감해 할 때가 있습니다.

낯선 고장에서 막차를 놓친 기분이란 막막함 바로 그것입니다. 자신에게 다가온 기회를 자기 것으로 만들지 못하고 시간을 넘겨 버렸을 때, 그 기분이 막차를 놓친 심정과 비슷하지 않을까요.

하지만 막차를 놓쳤다는 생각의 끝에는 날이 새면 첫차가 올 거라는 기대가 이어집니다. 그 첫차가 올 때까지 깜깜한 밤을 견디는 기다림의 자세가 무엇보다 중요합니다.

무슨 일이든지 가장 중요한 것은 결말입니다. 막차가 끊어졌다고 해서 결코 끝난 게 아닙니다. 지혜로운 사람은 배에 올랐을 때 환송하는 소리에 귀를 기울이지 않습니다. 그는 배가 목적지에 도착했을 때 비로소 사람들과 만남의 기쁨을 나눕니다. 유종의 미를 거두기 위해서 밤의 기다림이 필요합니다. 순풍에 돛을 활짝 펴고 힘차게 출발했지만 중간에 풍랑을 만나 파산한 예가 얼마든지 있습니다.

막차를 놓치고 난감했던 실망은, 별이 쏟아지는 밤하늘에서 꿈을 발견하며 잠시 잊을 수 있습니다. 어느새 밤하늘의 별들이 '희망'으로 보인다면 그는 막차를 타고 떠난 자에겐 없는 월척을 낚은 것입니다.

사람은 먹지 않고 40일을,
마시지 않고 3일을, 그리고 숨 쉬지 않고
약 8분을 살 수 있다고 합니다. 그러나 희망 없이는
단 1초도 살기 힘듭니다.

기왓장으로 거울을 만들련다

고정된 것은 이미 죽은 것과 같습니다 산 것은 보다 자유롭습니다

마조馬祖는 중국뿐만 아니라 우리나라에서도 널리 알려진 선사禪師입니다. 그는 누구보다도 수행에 열심이었습니다. 이 마조가 젊었을 때의 일입니다.

마조가 수행에 열중하고 있을 때 스승인 회양선사懷讓禪師가 다가와서 물었습니다.

"너는 무엇 때문에 앉아서 도를 닦느냐?"

스승의 물음에 마조가 대답했습니다.

"부처가 되려고 그럽니다."

그러자 스승은 기왓장 하나를 들고 와서 돌멩이에다 무턱대고 갈기 시작했습니다. 이런 스승의 행동에 궁금증을 참지 못한 마조가 물었습니다.

"왜 그러십니까. 스승님?"

그러자 회양선사가 대답했습니다.

"거울을 만들려는 참이다."

스승의 말에 마조가 어이없다는 듯이 웃으며 말했습니다.

"기왓장을 갈아서 거울을 만드시겠다고요?"

마조의 코웃음에 회양선사가 말했습니다.

"내가 기왓장을 갈아서 거울을 만들려는 것이나 네가 좌선만 하면 부처가 된다는 것이나 무엇이 다른 것이냐. 앉아서 도만 닦는다고 부처가 될 성싶으냐?"

그 말에 마조는 갑자기 뒤통수를 얻어맞은 듯했습니다. 겸연쩍어진 그는 견딜 수가 없어 스승에게 물었습니다.

"그럼 어떻게 해야 부처가 될 수 있습니까?"

회양선사가 형형한 눈빛으로 마조에게 말했습니다.

"소가 수레를 끌고 길을 가고 있다. 그런데 갑자기 수레가 멈춰 섰다면 너는 수레에게 채찍질을 하겠느냐, 아니면 소에게 채찍질을 하겠느냐?"

마조가 대답을 못하고 머뭇거리고 있자 다시 스승이 말을 이었습니다.

"깨달음이란 앉아 있거나 누워 있는 것만으로 다가 아니다. 부처 역시 앉아 있는 것만으로 깨달은 것이 아니다. 가만히 앉아 있기만 한다면 그것이야말로 바로 부처를 죽이는 짓이다. 앉아 있는 모양새에 마음을 두는데 어떻게 진리에 이를 수 있겠느냐?"

그제야 마조는 스승의 마음을 읽을 수 있었습니다.

마조 도일道一은 선종의 화두인 마전磨塼 즉 기왓장을 갈아서 거울을 만든다는 이야기로 유명합니다.

신앙이란 인생의 이상을 매일 연마하는 일입니다.
매일 우발적인 상황과 생활 때문에
정체되고 초조해지는 우리들의 내면적인 존재를 균형 잡힌 상태로
되돌아가게 하는 일입니다.
기도는 정신에 뿌리는 향수이며 우리들에게
명예와 용기를 회복해 줍니다.
–아미엘

2부

소중한 만남은…

당신에게...

사랑은 솜처럼 부피가 큰 것도

무지개 색깔처럼 화려하지도

검지도 차지도 않습니다.

감동적인 책을 읽고도 이웃에게 권하지 않는다면

지은이에게 빚을 지는 셈입니다.

저자

인연이 있는 사람을 소중히 대하자

세상에 좋지 않은 만남이란 없습니다
어떤 형태의 만남이든 그 속에서 성장하는 것이 인간의 만남입니다

상식적인 생명관에서 '우리의 생명은 지상에서 단 한 번밖에 없습니다. 누구나 두 번 살 수 없습니다. 일생일사로 한 번 나서 한 번 죽습니다. 어머니 뱃속에서 나서 무덤 속으로 들어가는 지상에서의 삶의 기간, 그것이 우리의 유일한 '생生'으로 일 회 밖에 기회가 없습니다.

그러나 기독교적 생명관은 '이생관二生觀'을 주장합니다. 우리의 생명은 영원히 계속된다는 것입니다. 죽은 뒤에 우리의 영혼은 각자의 믿음에 따라 천국과 지옥으로 가서 다시 산다는 것입니다. 기독교인들은 하늘나라에 가서 그리스

도와의 영원한 만남, 하나님과의 행복한 만남을 가지기를 소망하며 살아갑니다.

이에 반해서 불교적 생명관은 다생관多生觀을 강조합니다. 우리의 생명은 전생前生, 금생今生, 내생生에 걸쳐서 여러 번 계속된다는 것입니다. 이것이 윤회전생迴轉生 사상입니다. 전생이 없는 것이 아니라고 주장합니다.

철학자 안병욱安秉煜 선생은 〈만남〉이라는 글에서 다음과 같이 쓰고 있습니다.

해방 후 춘원春園 이광수光洙 선생을 효자동으로 찾아간 일이 있었다. 여러 가지 이야기 끝에 전생 이야기가 나왔다.

내가 '선생은 전생이 있다고 믿으십니까'라고 물었더니 '있다'는 것이다. 나는 그것을 믿을 수가 없다고 했더니 춘원 선생은 나에게 이렇게 반문했다.

"안 선생, 열 살 때 기억이 있소?"

"있습니다."

"그러면 여섯 살 때 기억이 있소?"

"있는 것도 있고 없는 것도 있습니다."

"그러면 한 살 때 기억은 있소?"

"전혀 없습니다."

"왜 없습니까?"

"분명히 한 살 때가 있었지요?"

"분명히 있었습니다."

"그러나 그때의 기억은 다 없어지고 말았습니다."

"그것 보시오. 있었는데 기억은 못하지요. 전생도 그렇다고 나는 생각하오. 우리는 분명히 전생을 살았습니다. 다만 기억이 스러졌을 뿐입니다."

춘원의 이 말에 나는 대답이 막히고 말았다. 그리고 춘원의 생각이 참으로 재미있다고 생각했다.

불교에서는 전생에 칠백 번 만난 인연이 있어야 금생에서 잠깐 옷자락이라도 스칠 수 있다고 합니다.

그렇다면 서로 친구가 되고 부부가 되고 사제지간이 되고 부자지간, 모녀지간이 되고 형제 자매지간이 되려면, 전생에서 수천만 번은 만났었을 것입니다. 그것은 바다처럼 깊은 인연입니다. 우리는 나와 깊은 인연이 있는 사람을 결코 소홀히 대해서는 안 됩니다. 정성과 사랑으로 대해야 합니다.

서로 만난다는 것은 결코 우연한 일이 아닙니다. 시간상, 공간상의 동일점에서야 만나는 것입니다. 시간이 다소 틀리고 공간이 조금만 달라도 서로 만날 수 없습니다. '지금, 여기'라는 시간과 공간 위에서 나와 네가 서로 만나는 것입니다. 만난다는 말은 맛이 나는 말입니다. '만남'은 곧 '맛남'입니다.

우리는 길가에서 수없이 많은 사람을 만납니다. 서로 잠깐 얼굴을 바라보고 더러는 옷소매 한 번 스치고 지나가기도 합니다. 서로 누군지도 모릅니다. 누군지 알려 하지도 않고, 또 알 필요도 없습니다. 그러나 길가에서 잠깐 얼굴 한 번 보고 지나가 버리는 그 간단한 사건, 아무것도 아닌 사실이 이번 생에서 이루어지려면 전생에서 칠백 번 만났던 깊은 인연이 있어야만 한다는 것입니다. 매우 재미있는 사상입니다. 왜 그런 사상, 그런 발상법이 생겼을까요.

나와 만나는 사람들을 미워하지 않기 위해서라고 저는 생각합니다. 그러나 세상에는 불행한 만남이 얼마나 많습니까.

기쁨으로 만났다가 슬픔으로 끝나고, 사랑으로 만났다가 미움으로 끝나고, 신뢰 속에서 만났다가 배신으로 끝나고, 기대 속에 만났다가 후회로 끝나고, 동지로 만났다가 원수로 끝나고, 희망 속에 만났다가 절망으로 끝납니다.

우리는 기쁨으로 만났다가 기쁨으로 끝나고, 사랑으로 만났다가 동지로 끝나고, 희망으로 만났다가 더 아름다운 희망으로 끝나는 행복한 만남을 가져야 합니다.

인연이 있으면 천 리밖에 있어도 만날 수 있지만, 인연이 없으면
얼굴을 마주하고서도 만나지 못한다 하였습니다.
인연 즉 만남은 그런 것입니다.

사랑의 눈

살아 있는 모든 것은 다 아름답습니다

할아버지 두 분이 공원의 의자에 앉아 한가롭게 이야기를 주고받고 있었습니다. 한 할아버지는 아직 건강한 몸이었지만, 그 앞에 앉아 있는 할아버지는 불편한 몸을 휠체어에 의지하고 있었지요.

"그래도 당신은 몸이 자유로우니 좋겠습니다. 나는 건강이 좋지 않아 몸을 움직이는 건 고사하고 이제 눈도 잘 보이지 않는답니다."

바로 그때 대리석 바닥을 기어가는 개미를 발견한 휠체어 할아버지가 말을 멈추고 개미를 바라보다가 이렇게 말했습니다.

"저기, 개미 한 마리가 기어가고 있군요. 그런데 대리석

바닥이 너무 미끄러워 잘 움직이지 못하고 있어요. 제 몸이 불편하니, 저 대신 저 개미를 좀 도와주지 않겠습니까?"

몸이 불편한 할아버지의 부탁을 받은 건강한 할아버지가 미소를 지으며 자리에서 일어나 조심스럽게 개미를 집어 햇살 가득한 풀밭 위로 옮겨 주었습니다. 그리고는 다시 제자리로 돌아와 유쾌하게 웃으면서 휠체어 할아버지에게 말했습니다.

"말씀대로 했습니다. 그런데 당신의 눈은 이미 노안이 되었지만 마음의 눈은 제 눈보다 훨씬 밝군요. 살아 있는 작은 생명체를 눈여겨보는 따뜻한 그 마음이야말로 진정한 사랑이 아니겠습니까?"

'아름다움은 보는 사람의 눈 안에 있습니다'는 속담처럼
아름다움은 각자의 눈에 달려 있습니다.
참으로 사랑의 눈으로 사물을 바라볼 때만 새로운
것을 깨달을 수 있습니다.

조롱 속의 새

사랑은 서로의 자유를 지켜주는 것입니다

의지할 피붙이 하나 없이 일생을 감옥에서 보내고 있는 늙은 죄수가 있었습니다. 그에게는 가족이나 친척도 없어 고독만이 그의 유일한 친구였지요.

그러던 어느 날 그 죄수에게 뜻밖에 친구 하나가 생겼습니다. 감옥 창틀에 날아온 참새 한 마리가 그 주인공이었어요. 그 참새는 날마다 날아와 그 죄수에게 노래를 불러 주었고, 나이 많은 죄수는 참새에게 자기가 먹던 빵 부스러기를 나누어 주었습니다.

그 늙은 죄수는 평생 처음으로 참새와 마음을 주고받는 친구가 되었으며, 참새는 마음을 줄 데 없는 그에게 행복을 가져다주는 최초의 존재가 되었습니다. 죄수는 비로소 사랑이라는 것이 무엇인가에 대해서 눈을 뜨게 되었습니다.

그러던 어느 날 그 죄수에게 갑자기 외딴 섬에 있는 감옥으로 옮겨가라는 명령이 떨어졌습니다. 그에게는 날벼락과 같은 소식이었습니다. 참새와 헤어져야 했기 때문입니다. 그러나 그는 소중한 참새와 헤어질 수가 없었습니다. 고민을 거듭하던 그는 마침내 나뭇가지와 철사를 주워 모아 조그만 조롱을 만들어 참새를 그 안에 소중히 담아 품에 안고 배에 올랐습니다.

그러나 배에 오르고 파도에 흔들려, 죄수들끼리 밀고 당기는 혼잡함 속에서 그만 허술하게 만들어진 조롱이 부서지고 말았습니다.

그때 참새가 부서진 조롱을 벗어나 힘차게 하늘로 날아올랐습니다. 그러나 이내 물 위로 떨어지고 말았습니다. 참새가 조롱에서 빠져나와 날아가 버리지 않을까 염려한 죄수가 새의 꼬리와 날개깃을 잘라 놓았기 때문이었습니다.

이를 본 늙은 죄수는 참새를 건져 달라고 울부짖었습니다. 그러나 그 소리는 뱃고동 소리에 감춰 들리지 않았습니다. 늙은 죄수는 바닷속으로 가라앉지 않으려고 파닥거리는 작은 새를 안타까운 눈으로 바라볼 수밖에 없었습니다. 그는 쓰린 가슴을 끌어안고 회한의 눈물을 흘리며 생각했습니다.

"나를 위해 새를 가지려는 생각은 내 욕심이었을 뿐 새에게는 또 다른 감옥을 주었구나."

'얕은 지식은 위험하다'는 속담처럼
잘 모르면 일을 경솔하게 처리하여 위험을
초래하게 됩니다.

누구나 형제

지나다니는 사람이 형제로 보이면 '새날'입니다

한 성자가 제자들을 불러 모아놓고 물었습니다.

"밤의 어둠이 지나가고 새날이 밝아오는 것을 그대들은 어떻게 아는가?"

한 제자가 스승의 말에 대답했습니다.

"온 세상이 환하게 밝아오는 것을 보면 새날이 오는 것을 알 수 있습니다."

스승은 고개를 가로저으며 아니라고 말했습니다.

"반란이 일어나 나라의 임금이 바뀌면 그것이 새날이 아닙니까?"

"해가 바뀌고 새해가 밝아오면 새날이 아니겠습니까?"

여러 제자들이 각자의 의견을 나름대로 이야기했지만 스승은 모두 아니라고 할 뿐이었습니다.

그러자 이번에는 제자들 쪽에서 스승에게 되물었습니다.

"그러면 선생님께서는 새날이 밝아오는 것을 어떻게 아십니까?"

그러자 스승은 이렇게 대답했습니다.

"너희가 눈을 뜨고 주위를 둘러보았을 때 지나다니는 모든 사람들이 형제로 보이면 그날이 비로소 새날이 밝아온 것이다."

'적을 친구로 만들 수 있는 사람은 위대한 인물이다' 라고 했습니다. 원수를 친구로 돌려놓을 수 있는 사람은 능력 있는 사람임이 틀림없습니다.

서로를 이해한다는 것

서로를 이해한다는 것은
그의 마음을 헤아려 보는 것입니다

사고로 두 눈의 시력을 모두 잃은 청년이 있었습니다. 이 청년은 시력을 잃고 실의에 빠져 살 의욕조차 잃고 있었습니다. 양쪽 눈을 잃고 망연자실한 그를 보고 가족들이 상의한 끝에 앞 못 보는 이들을 위해 교육하는 맹인학교로 보내기로 결정했습니다.

같은 고통 속에 있는 사람들과 서로 의지하다 보면 삶의 의욕을 가질지도 모른다는 생각에서였습니다.

그가 학교에 도착하자 교장 선생님은 한 선생님을 부르더니 학교 건물과 교정 곳곳을 소개해 주라고 했습니다.

음성이 맑고 낭랑한 선생님은 청년의 팔을 잡은 채 사무

실을 나갔습니다. 복도를 지나고 학교의 현관 입구로 나선 선생님은 이렇게 말했습니다.

"자, 이제 우리는 현관 밖의 계단을 내려갈 것입니다. 계단은 모두 열 개입니다. 다 내려가면 오른쪽으로 돌아서 화단 앞을 지날 것입니다. 화단 앞을 지나서 교정을 한 바퀴 돌겠습니다. 제 말을 잘 기억하고 그대로 해 보세요. 혹시 미심쩍거나 무슨 일이 생기면 제 손이 항상 당신의 팔꿈치 근처에 있으니까 그것을 잡으세요."

친절한 선생님의 안내에 청년은 마음이 아주 편안해졌습니다. 그는 계단을 하나하나 세면서 열 계단을 내려갔습니다. 그리고 오른쪽으로 돌아가니 화단이 있는 것이 금방 느껴졌습니다. 향기로운 꽃향기를 느낄 수 있었기 때문이었습니다. 청년은 자기 마음속에 생기는 자신감을 느끼면서 교정을 한 바퀴 돌았습니다. 선생님과 함께 자기 숙소로 돌아온 그 청년은 선생님에게 진심으로 감사의 인사를 드렸습니다.

"참으로 감사합니다. 저같이 눈먼 사람의 입장을 정말 잘 이해하고 계시는군요."

그러자 선생님이 부드러운 목소리로 대답했습니다.

"물론 전 학생의 입장을 잘 이해합니다. 왜냐하면 저도 앞을 전혀 못 보는 사람이기 때문입니다."

'하늘은 스스로 돕는 사람을 돕는다'는 말처럼
스스로 노력하지 않으면 아무것도 이룰 수 없습니다.
결국 청년은 스스로의 노력으로 감사의
인사를 드릴 수 있었던 것입니다.

그리운 아버지의 키스

지난 후에야 사랑임을 알게 될 때가 있습니다

"나는 갯비린내 나는 바닷가에서 자랐습니다. 아버지는 고기 잡는 어부였고, 바다를 무척 사랑하셨습니다. 아버지는 우리 가족을 먹여 살리기 위해 날마다 바다에 나가 열심히 일을 하셨습니다. 출렁거리는 바다에 배를 띄우고 제대로 잠도 못 자고 밤새도록 고기를 잡아도 겨우 입에 풀칠이나 할 정도였습니다. 하지만 아버지, 어머니 그리고 형제자매가 한자리에 모여 사는 우리 집은 늘 행복했습니다."

청년은 아버지를 기억에서 떠올려 잠시 추억에 잠긴 듯 말을 끊었다가 다시 이야기를 시작했습니다.

"아버지는 정말 건강하시고 늘 당당하셨습니다. 여느 뱃사람들처럼 힘도 장사였습니다. 가까이 다가가면 아버지의 몸에서는 땀에 저린 바다 냄새가 났습니다.

날씨가 나빠서 바다에 나가지 못할 때, 아버지는 바다에 나가시는 대신 나를 학교에까지 데려다주곤 하셨습니다. 생선을 실어 나르던 그 낡은 트럭으로 저를 태워다 주셨습니다. 저는 창피했지만 그래도 아버지는 항상 학교 정문 앞에 멈춰 서시고 저를 내려 주셨습니다."

청년은 눈물을 글썽이며 목이 멘 듯 힘겹게 말을 이어갔습니다.

"그럴 때마다 저는 사람들이 우리 고물 트럭을 쳐다보는 것만 같아 부끄러웠습니다. 아버지는 저의 그런 마음을 아시는지 모르시는지 제 뺨에 키스를 하고는 '오늘도 열심히 공부하거라' 하시는 것이었습니다. 그때마다 저는 얼마나 창피했는지 모릅니다. 12살이나 먹은 아들에게 공부 잘하라고 키스를 하는 아버지가 어디 있습니까? 저는 더 이상 아버지의 그 키스를 받지 않겠다고 결심했습니다.

그날도 고물 트럭은 학교 정문 앞에 멈춰 섰고, 아버지는 평소와 다름없이 몸을 창밖으로 내밀고 제 뺨에 키스할 자세를 취하셨습니다. 그때 저는 아버지의 입술을 손으로 막았고 아버지께서 당혹스런 눈길로 제 얼굴을 빤히 쳐다보고 계시자 저는 '아버지, 이젠 그만하세요. 저는 이제 키스를 받을 만큼 어리지 않아요.' 하고 소리치듯 말했습니다.

청년은 두 손으로 얼굴을 감싼 채 흐느꼈습니다.

"아버지의 얼굴은 충격으로 금세 굳어졌습니다. 한참 동안 저를 쳐다보시던 아버지의 눈에는 드디어 눈물이 고이기 시작했습니다."

이야기를 듣고 있던 사람들은 긴 한숨을 몰아쉬었습니다.

"저는 그 전엔 한 번도 아버지의 눈물을 본 적이 없었습니다. 아버지는 시선을 돌려 먼 바다만 바라보시더니 이렇게 말씀하셨습니다. '그래, 네 말이 맞다. 넌 이미 많이 컸다. 이제 더 이상 너에게 키스를 하지 않으마.'

그리고 며칠 후 아버지는 바다로 나가셨고, 태풍으로 심한 풍랑이 일고 하늘이 뒤흔들리는 듯 천둥소리가 요란스럽던 그날 밤, 아버지는 영영 돌아오시지 않으셨습니다. 전 지금 아버지의 키스가 너무나 그립습니다."

'인생에서 가장 중요한 것들은 무료이다'라는
말처럼 생명을 유지해 주는 물, 공기, 햇빛 등은 무료입니다.
그런가 하면 사랑, 자비, 희망, 꿈 등도 돈이 들지 않습니다.
대자연이 제공한 무한한 혜택 속에 사는 것이 인간입니다.
그런데도 감사할 줄 모릅니다.

참으로 소중한 마음

참으로 소중한 것은 사랑하는 이를 포기하지 않는 마음입니다
그런 마음을 경이롭게 볼 수 있는 열린 눈 또한 사랑의 눈입니다

페르시아의 고레스 왕이 전쟁을 일으켜 이웃 나라의 왕과 왕비 그리고 그 자녀들을 포로로 잡게 되었습니다.

고레스 왕은 포로로 잡힌 왕에게 그래도 군주의 은전을 베풀어 마지막 소원이 있으면 말하라고 했습니다. 그러자 포로로 잡힌 왕은 고레스 왕에게 이렇게 말했습니다.

"저를 놓아주시면 제 재산의 절반을 왕에게 바치겠습니다. 만약 제 자식들을 놓아주신다면 제 재산 전부를 왕에게 바치겠습니다. 그리고 제 아내를 놓아주신다면 제 생명까지도 기꺼이 왕에게 바치겠습니다."

그 말을 들고 고레스 왕은 너무나 감동한 나머지 그 왕과

왕비, 그리고 자녀들을 모두 풀어주었습니다.

그렇게 풀려난 왕이 집으로 돌아와 악몽 같은 순간을 돌아보면서 왕비에게 물었습니다.

"페르시아의 고레스 왕은 참으로 훌륭한 분이시오. 당신도 그 인자한 고레스 왕의 모습을 보았소?"

그러자 그녀는 전쟁에서 진 남편인 왕을 바라보면서 이렇게 대답했습니다.

"나를 위해 목숨까지도 바치겠다고 한 당신의 아름다운 얼굴을 보고 있기에도 시간이 부족하던 걸요."

왕후의 맑은 시선을 바라보던 왕은 무한히 큰 아내의 사랑에 그저 놀랄 뿐이었습니다.

뉴욕 메트로폴리탄 박물관에는 단편소설 작가 애드가 앨런 포우의 흉상이 있는데 거기에 이런 글이 새겨져 있습니다.

'불행한 인생을 살다가 불행하게 죽은 위대한 천재'

사람은 사랑으로 삽니다. 사랑은 그 안에 세상을 쓸어 넣고도 남지만 사랑이 식으면 삶은 불완전하고, 따라서 만족도 주지 못하기에 많은 사람들의 마음을 실망과 절망의 그늘에 떨게 합니다.

'사랑은 눈을 멀게 한다'는 말이 있는데
이는 '사랑은 자물쇠공을 비웃는다'라는 말과도 상통합니다.
무조건적인 사랑이나 무엇에도 얽매이지 않은
사랑이야말로 참다운 사랑일 것입니다.

정성을 다한다는 것

모든 일에 묵묵히 정성을 다한다는 것은
가장 큰 미덕 중 하나입니다

마음씨는 착하지만 약간 어눌한 부인을 둔 사람이 있었습니다. 돈도 많고 사회적으로도 명성도 있는 집안에서, 오직 착한 마음씨 하나만을 보고 며느리를 골랐기 때문에 그런 점은 크게 신경 쓰지 않았습니다.

시간이 흘러 시아버지, 시어머니가 돌아가신 후의 일이었습니다. 일주기를 맞이하여 시아버지 제사를 모시는 날에 부인이 제사를 준비하면서 제사상 위의 음식을 이것저것 집어 먹고 있었습니다. 모여 있던 친척 어른들이 이 광경을 보고는 너무도 한심하고 기가 막혀 한마디씩 주고받았습니다.

"내가 처음부터 이 집안 며느리로는 마땅치 않다고 말했잖아."

"아니 어떻게 저럴 수가 있어?"

"아니 제사상에 놓은 음식을 먼저 먹다니."

"조카, 보기에 좋지 않으니 부인을 좀 말리던가 아니면 조카가 좀 꾸짖도록 하게나."

친척 어른들의 핀잔이 이어지자 조용히 앉아 있던 남편이 어른들에게 다가가더니 이렇게 말했습니다.

"그냥 두십시오. 선친께서는 저 모자라는 며느리를 무척 아끼고 사랑하셨습니다. 그런데 당신의 상에 오른 것을 사랑하는 며느리가 조금 집어먹었다고 해서 제가 안사람을 책망하면 아버님의 마음이 기쁘시겠습니까?"

남편의 말을 들은 아내는 그래도 남편이 자기편에서 어른들께 한마디 해 주는 것이 무척 고마웠습니다. 사실 그 며느리는 평소 시아버지가 좋아하시던 음식을 간이 맞는지 두루 살펴 입에 딱 맞는 음식만 골라 정성껏 상에 놓고 있는 중이었습니다.

'옷은 가깝지만 속옷은 더 가깝다
Near is your kirtle, but nearer is your smock'는 말처럼
친척이 가깝지만 집안 식구는 더 가깝습니다.
시부모의 사랑을 받고 산 며느리야말로
시부모의 심정을 더 깊게 느꼈을 것입니다.

서로 위하는 마음

먼저 배려하면 다툼이 없습니다

한 마을에 같이 살고 있으면서도 너무나 다르게 사는 두 가족이 있었습니다.

한 집은 서로 의지하며 행복하게 살아가고 있는 데 비해, 이웃집은 하루가 멀다 하고 가족끼리 아옹다옹 다투며 살았습니다. 늘 잘잘못을 가리며 다투던 가족이 하루는 이대로는 안 되겠다고 생각하고 다정하게 사는 이웃 가족을 본받기 위해 그 집을 방문했습니다.

"저희는 가족끼리 거의 날마다 다투는데 어떻게 하면 행복으로 가득 찬 가정이 될 수 있을까 하여 부끄러운 마음을 가지고 방문하였습니다."

"글쎄요, 저희는 뭐 다툴 일이 없다고 생각하는데요."

그때 딸이 방문한 손님들을 대접하기 위해 차를 준비하다가 잘못하여 그만 접시를 떨어뜨려 깨뜨리고 말았습니다.

"어머, 죄송해요. 제가 조심하지 못해서 이런 일이 일어났습니다."

옆에서 이를 지켜보고 있던 어머니가 유리조각을 주워담으며 말했습니다.

"아니란다. 이 엄마가 하필이면 그런 곳에 접시를 둔 탓이다. 내가 조심하지 못해 미안하다."

그 말을 듣고 있던 아버지가 말했습니다.

"아니오. 내가 아까 그곳에 있으면 위험하다고 생각해서 치우려고 했는데 깜빡 잊어버렸소. 미안하구나!"

늘 다투기만 하던 집의 가족들은 방금의 대화를 듣고는 무언가 깨달은 듯 고개를 끄덕이며 조용히 일어났습니다.

"가족의 행복은 서로를 위하는 마음에 있었군요. 저희들은 그동안 나 자신보다는 상대방의 탓만 하고 지냈습니다. 하지만 이제부터는 그런 일이 없을 겁니다. 우리도 사랑이 무엇인지 알게 되었으니까요!"

사람은 누구나 자신의 행복과 기쁨에만 집착합니다. 그러나 나의 행복보다는 상대방의 행복이 더 중요하다는 생각을 염두에 두고 늘 누군가를 사랑하는 수업을 해야 한다는 것을 잊고 있습니다.

또 우선적으로 개인의 일상생활을 즐겁게 만드는 일이 무엇보다 중요하다. 일상생활에서 즐거움을 얻지 못한다면 기쁨과 행복이란 맛보기 힘듭니다.

무엇을 의심하고 왜 저럴까 하고 분석하려 하지 말고, 그냥 순진한 어린아이처럼 당신의 오늘을 기쁨으로 채우면 됩니다.

'당신이 즐길 수 있는 시간도 지금이고
즐길 수 있는 장소도 여기다'라는 말처럼
미루지 않고 지금 당장 실행하는 것이 중요합니다.

작은 친절

우리는 작은 친절에 감동합니다

외딴집에 한 할머니가 혼자 살고 있었습니다. 찾는 이도 없는 집이었지만 매주 토요일이면 어김없이 환경미화원이 나타나 할머니 혼자 사는 그 집 앞을 깨끗하게 쓸어 주곤 했습니다.

힘이 부쳐 청소하는 것이 힘들었던 할머니는 토요일에 정기적으로 찾아오는 환경미화원이 마냥 고맙기만 했습니다. 그래서 환경미화원이 나타나 청소를 하기 시작하면 할머니는 언제나 주스 한 잔과 과자 한 접시를 들고나와 대접하곤 했습니다.

그러던 어느 날 저녁, 할머니의 집 대문을 두드리는 소리가 들렸습니다. 평소 사람이 찾지 않았기 때문에 대수롭지 않게 생각한 할머니는 웬일일까 의아해하며 문을 열었습니다.

문 앞에는 환경미화원이 서 있었습니다. 그의 손에는 꽃다발과 작은 과자 상자가 들려 있었습니다.

환경미화원은 약간 어색해 하며 말문을 열었습니다.

"받으세요, 할머니! 이제까지 친절하게 대해 주셔서 참으로 고맙습니다. 제가 다른 곳으로 이사를 가게 되어 인사를 드리려고 찾아왔습니다."

"어머, 아저씨! 나는 이런 걸 받을 만한 일을 한 적이 없어요. 그 주스 한 잔이 뭐라고 선물까지 가져오셨어요. 이러지 마세요."

그러자 환경미화원이 할머니에게 말했습니다.

"물론 그럴 수도 있지요. 하지만 작은 친절일수록 더욱 베풀기 어려운 법이 아닙니까."

환경미화원은 할머니의 손을 꼭 붙잡고 말했습니다.

"다른 사람이 나에게 이렇게 해주었으면 하고 생각하는 작은 일을 선뜻 하기는 쉬운 일이 아니지요. 아무리 작은 친절이라도 먼저 다른 사람에게 베푸는 일은 새로운 삶의 시작이 될 수도 있으니까요!"

'행복의 장애물은 너무 큰 행복을 기대하는 것이다'
라는 말과 같이 작은 성의가 따뜻한 정을 키웁니다.

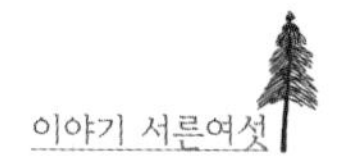

약자를 떠미는 사람과는 결혼하지 않겠다

참사랑을 아는 사람은 늘 주위를 둘러봅니다

청년이 한 여인을 깊이 사랑하고 있었습니다. 하루는 그 청년이 자기 연인에게 정식으로 청혼하려고 그녀의 집으로 급히 달려가고 있었습니다. 젊은이는 그 여인이 자기의 청혼을 기꺼이 받아줄 것이라 믿어 의심치 않았습니다.

그런데 의외로 놀라운 일이 생겼습니다. 연인의 집에 도착해서 문을 두드렸더니 집사가 나와서 말하길, 아가씨는 당신을 만나고 싶지 않다고 하면서 거절하였다는 것이었습니다. 예기치 못한 일에 놀란 청년은 집으로 돌아온 후 왜 자신을 만나주지 않았는지를 편지로 물었습니다.

그녀가 보내온 답장에는 이렇게 쓰여 있었습니다.

"나는 당신이 오는 것을 기다리며 창문 밖을 내다보고 있었습니다. 마침내 당신이 우리 집을 향해 바삐 달려오는 모습이 보였지요. 그런데 당신은 얼마나 급했던지 마주 오던 걸인 여자를 떠밀고 미안하다는 사과의 말도 하지 않은 채 오는 것이었습니다. 그 광경을 보고 저는 깊이 생각했습니다. 약한 사람에게 친절을 베풀 줄 모르는 그런 당신과 어떻게 결혼을 하겠습니까?"

영국의 문호 찰스 램이 청년 시절에 겪은 실화입니다. 그 이후 찰스 램은 빈부와 지위의 차별을 두지 않고 누구에게나 친절로 대하려고 노력했다 합니다.

한 번의 실수로 사랑을 얻지는 못했지만 그는 한 여인을 사랑한 대가로 인생에서 가장 소중한 것을 배웠던 것입니다.

불멸의 지혜를 담은 서양 속담에
'늦는 것보다 빠른 것이 낫다'는 말이 있습니다.
매사를 미리미리 챙기고 살피라는 얘기일 것이다.
그렇지만 빨리하기 위해 정작 중요한 것을
간과해서도 안 될 것입니다.

마음을 주셨으니 그것이 큰 선물

마음과 마음이 이어지면 사람만 남습니다

백성들을 자식처럼 아끼며 보살피는 어진 왕이 있었습니다. 왕은 틈만 나면 평민 복장을 하고 궁 밖으로 나가 백성들이 살아가는 모습을 지켜보고 어울려 지내기도 했습니다.

어느 날 왕은 허름하게 차려입고 대중목욕탕을 찾았습니다. 많은 사람들이 탕 안에 몸을 담그고 서로 대화를 나누며 목욕을 즐기고 있었습니다.

목욕물은 지하실에 설치된 화로에 의해 데워졌는데 화로를 관리하는 화부火夫는 단 한 사람뿐이었습니다. 왕은 잠시도 쉬지 않고 불을 지피고 있는 그 인부人夫를 만나기 위해

지하실로 내려갔습니다. 지하실은 어둡고 지저분했으며 뜨거운 열기로 가득 차 있었습니다.

"일하기가 쉽지 않겠구려! 내가 잠시 있다가 가도 방해가 되지 않겠소?"

왕의 말에 화부는 '어쩌다 들른 사람이겠지. 얼마나 버티나 지켜보자'는 생각으로 고개를 끄덕였습니다.

그런데 그 다음 날도 또 그 다음 날도 왕의 지하실 방문은 계속되었습니다. 그리고 잠시 동안이지만 화부의 말동무가 되어 주고 돌아가곤 했습니다. 그러자 화부도 점차 왕에게 마음의 문을 열기 시작했습니다. 그리고는 자신이 준비해 온 밥을 왕과 나눠 먹기도 하고 자신의 고민도 얘기하기 시작했습니다.

그러던 어느 날, 왕은 자신의 정체를 화부에게 밝히고 원하는 것이 있으면 말해 보라고 했습니다. 그러자 화부는 왕을 똑바로 쳐다보면서 말했습니다.

"편안한 궁궐을 놔두시고 저를 만나기 위해 이처럼 뜨겁고 더러운 곳을 방문하시다니 몸 둘 바를 모르겠습니다. 더구나 폐하께선 거친 음식도 함께 잡수시면서 제게 진정으로 각별한 관심을 보여 주셨습니다. 전 이미 너무나 훌륭한 선물을 폐하로부터 받았습니다. 폐하 자신을 제게 주셨으니, 제게 이보다 더 큰 선물이 어디 있겠습니까."

왕은 화부의 곧은 마음에 크게 감명을 받았습니다. 그리고 화부에게 말했습니다.

"고맙네. 앞으로도 나를 전처럼 친구로 맞아 주겠는가?"

"폐하. 여기 지하실은 아무도 찾아주지 않는 곳이지만 저만의 왕국이고 여기에서는 제가 왕이랍니다. 친구가 필요하실 때면 언제라도 저의 왕국으로 왕림하여 주십시오."

왕은 화부의 말에 껄껄 웃으며 말했습니다.

"선물은 오히려 내가 받았네그려!" 

'필요할 때 친구가 진실한 친구다'라는 말이 있듯이
어려움을 같이 겪어 봐야 진실한 친구인지 알아볼 수 있습니다.
그리고 그 친구로부터 전폭적인 마음의 지지를 받을 때
천하를 얻는 것 같은 기쁨을 느낄 수 있을 것입니다.

3부

만남과 헤어짐은…

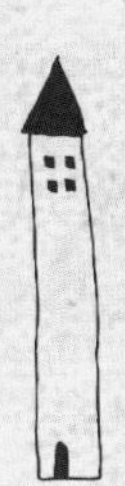

당신에게…

이기적인 투쟁이나 사소한 야망의 동기에서

행동하는 것을 그치고 서로서로를 자신보다

더 나은 사람으로 겸손히 대접하도록 하라.

—찰스 윌리암스

합해야 하나가 되는 반쪽

합해야만 비로소 하나가 된다는 것을 알아야 합니다

사과 두 개를 들고 엄마가 놀이터에서 놀던 두 아들을 불렀습니다. 엄마가 부르는 소리에 달려온 아이들이 엄마에게서 사과를 하나씩 건네받아서 먹으려고 막 입으로 가져갈 때였습니다.

옆에서 이 모습을 지켜보고 있던 한 할아버지가 아이들의 손에 들린 사과를 빼앗았습니다. 갑작스런 할아버지의 행동에 어머니와 아이들은 당황했습니다.

"할아버지, 왜 그러시는 거예요?"

아이들의 엄마가 놀란 모습으로 노인에게 물었습니다.

노인은 별스럽지 않다는 듯이 아무 대답도 하지 않고 사과 하나를 반으로 쪼개는 것이었습니다. 그리고는 두 아이에게 각각 반쪽씩 나누어 주었습니다. 아이들은 엄마의 눈치를 살피더니 할아버지가 주는 그 사과를 받아서 먹었습니다.

노인은 남은 사과 하나도 다시 반으로 쪼개서는 두 아이에게 똑같이 주었습니다.

이 광경을 지켜보고 있던 아이들의 엄마가 노인에게 물었습니다.

"할아버지, 왜 굳이 반쪽으로 나누어서 아이들에게 주시는 것입니까? 그냥 하나씩 주어도 먹기는 마찬가지 아닙니까?"

노인은 그때서야 웃으면서 조용히 대답했습니다.

"반쪽을 받으면 둘이 합해야 하나가 된다는 소중한 사실을 알게 될 테니까요."

흔히 1+1은 2이지만 하나에다가 하나를 더해도 하나가 되는 것을 알아야 합니다. 다만 더 큰 하나일 뿐이라는 사실을…….

어리석은 사람은 자신이 현명하다고 생각하지만
현명한 사람은 자신이 어리석다는 것을 안다.
—윌리엄 셰익스피어

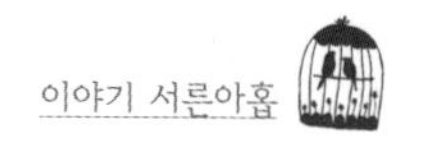

탈레스가 결혼하지 않는 이유

결혼하지 않는 이유가 많고도 많습니다

밀레토스학파 탈레스와 칠 현 중의 한 사람인 솔론은 고대 그리스의 철학자요 또 정치가입니다.

물이 만물의 근원이라는 우주론을 주장한 탈레스의 집으로 어느 날 정치개혁자 솔론이 찾아왔습니다. 당시 탈레스는 독신을 고집하고 있었는데, 이에 대해 솔론이 조롱 섞인 말투로 이렇게 말했습니다.

"참 이상하십니다. 왜 결혼을 하지 않는 겁니까? 결혼을 해 보십시오. 그럼 세상이 다르게 보일 겁니다."

그의 말에 탈레스는 아무런 대꾸도 하지 않았습니다.

며칠 후 탈레스가 솔론에게 사람을 보내 이렇게 전했습니다.

"지금 우리 집에 당신 고향인 아테네에서 사람이 와 있는데 이리로 와서 고향 소식을 들어보지 않겠소?"

솔론은 한걸음에 달려와 고향 사람에게 소식을 물었습니다.

"아테네야 별로 달라진 것은 없습니다만 그동안 일이 하나 있긴 있었지요."

"그게 뭡니까?"

솔론이 고향 사람에게 다가서며 진지하게 물었습니다.

"며칠 전에 훌륭한 분의 아들이 죽어 장례식이 치러지는 것을 보고 왔습니다."

"그 아버지가 누구라고 합디까?"

"그 아버지 되신 분이 마침 여행 중이라고 하던데, 이름이 뭐라더라……."

솔론은 지금 여행 중이라는 말을 듣자 가슴이 뜨끔했습니다.

"혹시 솔론이라고 하지는 않았겠죠?"

"솔론이요? 아 그래요! 솔론이라고 한 것 같아요."

그 순간 솔론의 얼굴은 하얗게 질려버렸습니다. 자기 아들이 죽었다는 소식이었습니다.

그때 탈레스가 옆에서 지켜보다가 느닷없이 웃더니 솔론에게 말했습니다.

"하하하, 방금 저 사람이 한 이야기는 모두 거짓말입니다. 그러니 안심하십시오. 저번에 당신이 내게 왜 결혼을 안 하느냐고 물었지 않았소. 방금 내 웃음이 그 대답입니다.

결혼을 하게 되면 아내와 자식을 갖게 될 것이고, 그렇게 되면 아무리 인내력이 강한 사람도 핏줄의 정 앞에서는 나약한 사람이 되고 마는 것이 아니겠습니까. 나는 지금처럼 그냥 강한 사람으로 남겠소."

하지만 소크라테스는 사나운 성격의 처, 크산티페에게 들볶였지만 철학자로서나 남편으로서 특별한 흠은 없었습니다. 그래서 그녀는 악처의 견본처럼 여겨지고, 또 소크라테스가 철학자로서의 사색이 깊어진 것은 그녀 때문이었을 것이라고 이야기되기도 합니다. 그는 말하기를 "어쨌든 결혼하도록 하라. 만일 그대가 훌륭한 아내를 얻으면 그대는 행복해질 것이다. 만일 고약한 아내를 얻으면 그대는 철학자가 될 것이다. 그 어느 편이건 그대에게는 좋은 일이다."라고 했습니다.

결혼과 새장은 비슷한 데가 있다.
새장 밖에 있는 새는 안에 들어가고 싶어 하고
안에 있는 새는 밖으로 나가 날고 싶어 한다.
—몽테뉴

양가죽 성서의 값어치

용서할 줄 아는 사람이 용서도 받습니다

양가죽 성서 한 권을 소중하게 간직하고 있는 신부님이 있었습니다. 구약과 신약이 담겨진 이 성서는 아무나 가질 수 없는 매우 값비싼 것이었습니다.

한 번은 마을 사람이 신부를 방문했는데 신부님이 마침 볼일 때문에 자리를 비우게 되었습니다. 그는 책상 위에 놓인 성서를 발견하고는 그것이 희귀한 것이라는 것을 알고 몰래 가져가 버렸습니다.

밖에서 돌아온 신부님은 성서가 없어진 것을 보고 아까 방문했던 마을 사람이 가져간 것을 알았지만 그가 도둑질한 죄에 거짓말하는 죄까지 저지를까 염려하여 그 일을 그대로 덮어두었습니다.

성서를 훔친 마을 사람은 근처 도시로 그 양가죽 성서를 팔러 나갔습니다. 성서를 유심히 살펴보던 한 상인이 이렇게 말했습니다.

"나에게 그 책을 잠시 빌려주시오. 그것이 정말 값어치가 있는 물건인가 확인해 보겠소."

그리고 상인은 성서를 들고 근처 성당으로 가 신부님을 찾았습니다.

"신부님, 이 성서가 값어치가 있는 물건인지 판단해 주십시오. 이게 정말 귀한 건가요?"

성서를 본 신부님은 그것이 자신이 잃어버린 성서라는 사실을 한눈에 알아보았지만 눈을 딱 감고 말했습니다.

"그렇습니다. 이것은 아주 훌륭한 책입니다."

상인은 그 말을 듣고 성경을 가지고 돌아와 말했습니다.

"자 돈을 받으시오. 이 성서를 신부님께 보여드렸더니 좋은 책이라고 하시더군요."

마을 사람은 깜짝 놀랐습니다. 가슴이 뜨끔했지요. 온갖 생각이 머리를 감쌌습니다. 그리고 물었습니다.

"그 말 이외에 다른 말씀은 하지 않으시던가요?"

"예, 다른 말씀은 전혀 없으셨습니다."

마을 사람은 받은 돈을 상인에게 돌려주고는 그 성서를

가지고 신부님에게 달려가 눈물을 흘리며 진심으로 용서를 구했습니다.

작은 생선을 지질 때는
이리저리 뒤집거나 쿡쿡 쑤시지 않습니다.
나라를 다스릴 때도 백성들을 있는 그대로 두고 다스려야지
볶아대면 안 됩니다.

왕동량과 왕서방

예의바르다는 것은
타인과 나를 함께 존중한다는 것입니다

왕동량이라는 사람이 장터에 푸줏간을 내고 고을 손님을 받고 있었습니다.

어느 날 양반 두 사람이 왕동량의 가게로 고기를 사러 왔습니다.

"얘, 동량. 고기 한 근 다오."

"그럽지요."

동량은 비록 불혹의 나이를 지났지만 천출 소생이라 언제나 하대下待를 받고 있었습니다.

왕동량은 솜씨 좋게 칼로 고기를 베어 양반에게 건네주었습니다.

그러나 함께 온 또 다른 양반은 상대가 비록 천한 백정의 신분이긴 하지만 나이 든 사람을 함부로 하대하기가 거북했습니다. 그래서 점잖게 말했습니다.

"왕 서방, 여기 고기 한 근 주시게나."

"예, 고맙습니다."

기분 좋게 대답한 왕동량은 선뜻 고기를 잘라 양반에게 건네주었습니다. 그런데 먼저 고기를 산 양반이 보니까 나중에 산 사람 것보다 자기 것이 훨씬 적어 보이는 것이었습니다. 그래서 왕동량에게 따지듯 물었습니다.

"허, 이 사람아. 같은 한 근인데 어째서 이 사람 것은 크고 내 것은 작은가?"

그러자 왕동량이 대답했습니다.

"네, 그야 손님 고기는 동량이가 자른 것이고요, 이 어른 고기는 왕 서방이 잘랐으니까요."

말 한마디에 천 냥 빚을 갚는다는 속담처럼 동량이와 왕 서방의 차이가 확실히 달랐던 것입니다.

무엇이든지 남에게 대접을 받고자 하는 대로
너희도 남을 대접하라. 이것이 율법이요 선지자니라.
—마태복음 7:12

칭찬의 힘

칭찬을 잘한다는 것은 그만큼 마음이 열려 있다는 것입니다

오리 요리를 맛있게 한다고 소문난 오리 농장 음식점이 있었습니다. 그 집 요리사는 최선을 다하여 정성껏 오리를 요리해서 손님들에게 대접했습니다.

그러던 어느 날, 농장 음식점에 큰 잔치가 벌어져 많은 손님들이 찾아왔습니다. 연회석상에서 주인은 오리 요리에 대해 자랑을 늘어놓기 시작했습니다.

"저희는 최고의 오리만을 골라 기르고 있습니다. 게다가 오리 사육에 특별히 신경을 써서 고기가 맛있는 것입니다."

주방장은 그와 같은 농장 주인의 말을 듣고 서운한 마음이 들었습니다.

"오리도 좋지만 주방장의 요리 솜씨가 좋아 이렇게 멋진 오리 요리를 대접할 수 있는 거랍니다."

그는 '주인이 이 한마디만 더 해 주었더라면 얼마나 좋을까' 하고 생각했습니다. 그러나 농장 주인은 요리사에 대한 칭찬의 말을 단 한마디도 하지 않았습니다.

화가 난 주방장은 그 다음 날 연회에 내놓을 오리 요리 중에서 오리 다리 하나를 잘라 내고 하나만 요리해 내놓았습니다.

"이번에야말로 뭐라고 하는지 두고 보자."

손님들 앞에서 한참 오리 고기 자랑을 늘어놓던 농장 주인이 오리 요리에 다리가 하나밖에 없다는 말을 듣고 얼굴이 하얗게 변했습니다.

연회가 끝난 뒤 농장 주인은 주방장을 불러 물었습니다.

"오리 다리가 왜 하나밖에 없는 거지?"

그러자 주방장은 별거 아니라는 투로 말했습니다.

"아니, 무슨 말씀을 그렇게 하십니까? 원래 오리 다리는 하나잖아요?"

"뭐라고? 자네 날 뭐로 아는 거야?"

그러자 주방장이 주인에게 말했습니다.

"이리 와서 직접 확인해 보십시오."

마침 오리들이 모두 한 발을 든 채 다른 한 발로 서서 졸고 있었습니다.

"저걸 보세요. 발이 하나밖에 없잖아요?"

주방장의 말에 주인은 기가 차서 크게 소리를 질렀습니다.

"이 사람, 그건 오리가 잠들어 있으니까 그렇지."

농장 주인은 손뼉을 탁탁 쳐서 오리들을 모두 깨웠습니다. 그러자 오리들은 그때서야 품 안에 넣어 두었던 발 하나를 바닥으로 내려놓았습니다.

"저걸 봐라. 네 눈으로 똑똑히 보라고."

그러자 주방장이 고개를 끄덕이며 말했습니다.

"바로 그겁니다. 주인님이 손뼉을 치니까 오리들이 숨겨 두었던 다리 하나를 내놓잖아요! 저에게도 요리를 잘한다고 손뼉을 쳐 주신다면 저도 신이 나서 더욱 열심히 일을 할 게 아닙니까?"

주인은 그제야 짚이는 데가 있었습니다. 그는 주방장을 불러 지금까지의 자기 잘못을 사과했습니다.

질책 때문에 잘못된 사람은 있어도 칭찬 때문에 잘못된 사람은 없습니다. 칭찬은 인간관계의 만병통치약이라고 해도 과언이 아닙니다.

당신은 가장 미워하는 적도 진정으로 칭찬할 수 있습니다.
누구든지 장점이 전혀 없는 사람은 없기 때문입니다.
—조지 크레인

논어님이 살려줄 텐데 뭐

때론 치기를 부려보고 싶겠지요
하지만 내공을 쌓으면 부끄러움이 보입니다

과거를 보기 위해 한양으로 떠나던 선비가 얼마쯤 가다가 나루를 건너게 되었습니다. 시골서 자기 할아버지가 진사 노릇 한 번 한 것으로도 세도가 이만저만이 아닌 때였습니다. 그런 집안 내력을 이어받아서인지 배우지 못한 사람을 보면 공연히 한 번 건드려 보고 약을 올리는 악취미를 갖고 있는 선비였습니다. 그런 그가 과거 시험을 보려고 한양으로 가게 되었습니다. 벌써 다섯 번째 낙방이다 보니 자기 스스로에게도 불만이 컸고 부모에게 미안한 마음도 작용해서, 어딘가 성격이 비뚤어지고 말씨도 거칠어졌습니다.

그가 나룻배에 올라타고 보니 손님이 자기밖에 없는지라

좀 심심했습니다. 유식한 말 몇 마디라도 대화를 나누어야 선비다운 긍지를 과시해 볼 터인데 배 안에 있는 상대라고는 무식한 뱃사공밖에 없으니 선비는 마침내 어리석어 보이는 사공에게 실력 과시도 할 겸 장난을 걸었습니다.

"여보 사공님."

점잖게 사공을 불렀습니다. '사공님'이라고 '님'자를 붙인 것부터가 빈정대자는 의도였습니다.

"왜 그러시유?"

"사공님은 논어를 아시오?"

"처음 듣는 소린데요."

"논어도 모르고 무슨 맛으로 세상을 사오. 사공님은 살아 있기는 하지만 목숨의 4분의 1은 없는 거나 마찬가지요."

선비는 사서삼경의 첫 번째인 논어에 대해서 물었습니다. 그리고 다시 맹자에 대해 물었습니다.

"사공님은 맹자라는 말을 들어 보았소?"

"그것도 처음 듣는 소린데요."

"허허, 사공님의 목숨은 절반이 없는 것과 같구려. 맹자도 모르다니. 그럼 중용은 아시오?"

"그건 더 모르겠는데요. 그것이 모두 어디에 써먹는 거지요?"

"허허, 사공님의 목숨 4분의 3은 없는 거나 마찬가지요."

사공이 풋내기 선비의 얘기를 듣다 보니 괘씸하기 짝이 없었습니다. 삼경까지는 빼고라도 어쨌든 논어, 맹자, 중용, 대학 등 진서를 모르는 무식한 자들은 생존의 가치조차 없다는 지론을 펴려는 것이 이 설익은 선비 놈의 의도가 아니겠습니까? 사공으로서는 사실 논어, 맹자 따위는 듣도 보도 못했으니 그것이 무슨 국 끓여 먹는 반찬인지 뉘 집 강아지 이름인지 알 턱이 없긴 하지만 어쨌든 무식하기 때문에 목숨이 없는 거나 마찬가지라는 애송이의 주장에는 부아가 치밀어서 견딜 수가 없었습니다.

심사가 뒤틀리게 된 사공은 물살이 센 곳으로 배를 저어 나아가기 시작했습니다. 배는 심하게 기우뚱거려 뒤집힐 듯 요동을 치기 시작했지요.

선비는 네 번째 질문으로 대학을 아느냐고 지껄이려다가 얼굴이 새파랗게 질려버렸습니다.

"여보, 사공님 배가 왜 이 지경이오?"

"물살이 세니 어쩔 수 없소."

"아니, 어떻게 좀 힘을 써 보시오."

"선비님 당신은 노를 저을 줄 아시오?"

"아니 못해 봤는데요."

"그럼 당신의 목숨은 내게 달렸구려. 그런데 당신은 헤엄칠 줄 아시오?"

"아직 못 배웠는데요."

"그럼 당신의 목숨은 몽땅 없는 거나 마찬가지요. 나는 내 목숨밖에 건질 줄 모르오."

그러면서 사공은 일부러 배를 뒤집을 듯 장난을 쳤습니다. 선비는 사공의 다리를 붙들고 와들와들 떨며 살려달라고 외쳤습니다.

"논어님이 살려줄 텐데요, 뭐."

"아니 제발, 잘못했으니 한 번만 봐주시오."

지식 쌓는 것을 사랑하는 것처럼 어리석은 것이 없습니다. 지식은 자기과시를 위한 액세서리가 아니라, 타인과 세상을 위해 쓰일 때 그 진가가 발휘되는 것입니다.

공자님이 말씀하시길,
남을 자기 자신처럼 존경할 수가 있고,
자기에게 해주기를 바라는 것처럼 남에게 할 수 있다면, 그는
진정한 사랑을 가지고 있는 사람입니다.
그리고 세상에 그 이상의 것은 없습니다.

삶이라는 희망

삶은 어느 순간에도 희망을 잃지 말라고 합니다

한 사나이가 다른 이의 모함으로 왕의 노여움을 사서 사형을 선고받았습니다. 사나이는 너무도 억울하여 왕에게 목숨만은 살려 달라 애원하며 이렇게 말했습니다.

"왕이시여, 제 마지막 소원입니다. 만약 저에게 1년 동안만 여유를 주신다면 폐하께서 가장 아끼시는 말이 하늘을 날 수 있도록 가르치겠습니다.

만약 1년이 지나서도 말이 하늘을 날지 못한다면 그때는 제 목숨을 내놓겠습니다. 그리고 만약 제가 누명을 쓴 것이라면 그 말은 반드시 하늘을 날아오를 것입니다."

왕은 그의 애원을 받아들여 자기가 가장 사랑하는 말을

주며 1년 후에 말이 하늘을 날게 된다면 사형을 면하게 해주겠다고 약속했습니다. 그러면서 만약 그 약속을 어길 경우 목숨을 보전하지 못할 것이라 경고했습니다.

왕이 돌아간 뒤 다른 죄수들이 그에게 다가가 말했습니다.

"자네는 정말 바보 같은 짓을 했어. 어떻게 말이 하늘을 날아오른단 말인가?"

그러자 사나이는 이렇게 말했습니다.

"일단 목숨이 붙어 있는 한 희망도 있는 것이오. 1년 동안이면 국왕이 죽을지도 모르고, 또 저 말이 죽을지도 모르는 일 아니겠소? 1년 안에 무슨 일이 일어날지 그 일을 감히 어느 누가 알 수 있단 말이오? 그런데 내가 사형을 당해 버린다면 임금이 죽거나 말이 죽어도 나는 살아날 수 없는 것이 아니겠소. 그래서 사람은 희망을 먹고 사는 법이라오."

한 사람의 생명을 빼앗는 것은 전 인류를 가르치기 위함입니다. 또한 단 한 사람의 생명을 구하는 것도 인류 전체를 구하는 것과 같은 깨우침을 주기 위함입니다. 한 사람의 생명을 중요시하는 것은 전 세계를 중요시하는 것과 같습니다.

오랫동안 꿈을 그리는 사람은 그 꿈을 닮아간다.
—앙드레 말로

쓸모없음과 쓸모 있음의 차이

쓸모없음과 쓸모 있음의 차이는 참으로 미묘합니다

장자莊子가 고을을 지나가다가 길가 사당祠堂(조상의 신주를 모셔 놓은 집) 옆에 서 있는 백여 아름이나 되는 큰 상수리나무를 보았습니다. 어찌나 큰지 수백 마리의 소가 그 그늘 밑에서 노닐 수 있을 정도였습니다. 밑동은 용이 휘감은 것처럼 꿈틀거리고, 그 높이도 산을 내려다볼 정도이며, 가지는 배를 만들 수 있을 만큼 굵은 것이 수십 개나 뻗어 있었습니다.

이렇게 큰 나무가 하늘을 찌르듯 서 있는데도 왠지 톱과 도끼를 들고 있던 벌목꾼들은 그 나무를 거들떠보지도 않았습니다. 또 평생 목수 일을 해온 대목大木이라는 사람도 제자와 함께 그 나무를 그냥 지나쳐 버렸습니다.

단 한 명, 대목의 제자만이 그 나무에 흥미를 느끼고 한동안 지그시 쳐다보다가 대목에게 달려가 물었습니다.

"제가 도끼를 잡고 선생님을 따라다니게 된 뒤로 이처럼 훌륭한 재목은 아직 본 적이 없습니다. 선생님께선 이 나무를 거들떠보지도 않고 그대로 지나쳐 버리시니 어찌 된 일입니까?"

스승 목수가 제자에게 대답했습니다.

"이 나무는 아무짝에도 쓸모가 없는 나무니라. 배를 만들면 물을 먹어 가라앉고, 널을 짜면 곧 썩어버리고, 그릇을 만들면 쉽게 망가지고, 문을 짜면 진이 흐르며, 기둥으로 세우면 좀이 생기게 돼 재목이 못 되는 나무야. 이처럼 쓸데가 없으니까 저리 하늘을 찌를 듯 오래 살 수 있었던 게야."

세상에서 쓸모 있다는 배나무나 귤나무, 유자나무 따위의 과일나무는 열매가 익으면 사람은 그것을 따 내리기 위해 가지를 부러뜨립니다. 열매가 있기 때문에 작은 가지는 꺾이고 큰 가지는 잡아당겨 찢겨집니다. 이는 달콤한 열매를 맺는 그 능력 때문에 삶이 괴롭힘을 당하는 것입니다. 그래서 그것은 때로 천명을 다하지 못하고 도중에 죽게 됩니다. 즉, 스스로 화禍를 부른 것입니다.

쓸모 있는 나무는 이처럼 쓸 곳이 많기 때문에 베어집니다. 그러나 사당 옆 상수리나무는 여러 번 베어질 뻔했으나 마땅히 쓸모가 없었기 때문에 그때마다 위기를 넘겨 이처럼 크게 그늘을 드리우는 쓸모 있는 나무가 된 것입니다.

장자가 길을 가다가 날이 저물자 가까운 마을로 들어가 거기 사는 친구 집에서 하룻밤을 묵기로 했습니다. 친구는 그가 먼 길을 찾아 방문해준 것을 기뻐하며 거위를 잡고 술상을 차릴 준비를 하느라고 분주했습니다.

친구의 아들이 거위를 잡으려고 칼을 들고 아버지에게 물었습니다.

"아버지, 우는 거위 놈을 잡을까요, 울지 못하는 놈을 잡을까요?"

아들의 말에 아버지가 대답했습니다.

"울지 못하는 거위는 쓸모가 없지. 그놈을 잡도록 해라."

이 말을 듣고 있던 장자의 제자가 조심스럽게 스승에게 물었습니다.

"앞서 사당 옆의 나무는 쓸모가 없어 오래 살았는데 주인의 흰 거위는 쓸모가 없어 쉬 죽임을 당하는군요. 선생님께서는 이를 어찌 생각하시는지요?"

제자의 물음에 장자가 이렇게 말했습니다.

"사람도 마찬가지일 수 있다. 쓸모없는 인간 즉 무용지인無用之人이 어떻게 쓸모없는 나무 즉 무용지목無用之木의 진정한 가치를 알 수 있겠는가."

개성이 부정되는 사회는 진보가 없습니다. 그렇지만
스스로 개성을 죽이고 있는 사람에게도 진보는 없습니다.
쓸모 있는 인간인가 쓸모없는 인간인가, 좋은 작품을
만드느냐 못 만드냐도 결국 당신의 마음가짐
여하에 달려 있습니다.

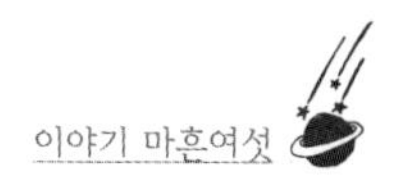

돈에 대한 짧은 단상

당신은 '돈'에 대해 어떤 생각을 가지고 있나요

한 청년이 그 마을에서 학식과 덕망이 높기로 소문난 현자賢者를 찾아와 이렇게 말했습니다.

"선생님, 지혜와 덕으로 제 어려움을 해결해 주십시오. 제게는 오랫동안 사귀어 온 절친한 친구가 한 사람 있습니다. 같은 마을에 태어나 어린 시절부터 함께 동고동락하던 친구입니다. 그런데 그 친구가 장사로 큰돈을 벌더니 사람이 달라졌습니다. 이제는 길에서 만나도 안면을 바꾸고 아는 척도 하지 않습니다. 어떻게 그런 일이 있을 수 있습니까?"

현자는 한참 동안 눈을 감고 있더니 나지막하게 말을 꺼냈습니다.

"이쪽으로 와서 창밖을 내다보시오. 무엇이 보입니까?"

"산이 보입니다. 빨래하는 아낙들과 논길을 걸어가는 노인도 보입니다."

"이번에는 여기에 놓인 거울을 보시오. 무엇이 보입니까?"

"저 외에는 아무것도 보이지 않습니다."

청년의 대답에 현자는 고개를 끄덕이더니 이렇게 말했습니다.

"바로 그겁니다. 인간은 돈을 갖고 있지 않을 때에는 창문에서 본 것처럼 무엇이든 볼 수 있지요. 그러나 재물이 조금 생기면 거울에 비친 자신을 보는 것처럼 자기 자신밖에는 아무것도 보지 못하게 되고 마는 것이요."

돈은 돌고 도는 것입니다. 그러므로 너무 가난하다고 기죽거나 또는 너무 부유하다고 뻐기거나 할 것이 못 됩니다.

'포장만 보고 책을 평가하지 마라.'

내용을 보고 책을 평가하는 것처럼 사람도
그 속마음을 보고 말해야 합니다.

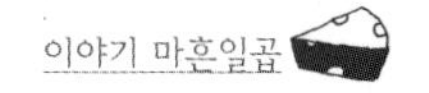

돈 버는 확실한 방법

돈 버는 확실한 방법은 무엇일까요

가난한 사람이 '어떻게 하면 돈을 벌 수 있을까' 하고 아무리 궁리해 봐도 별 뾰족한 방법이 떠오르지 않았습니다. 그는 옆에 사는 부자 영감이 하는 일마다 돈벌이가 되는 것을 매우 신기하게 생각하여, 하루는 그 비결을 물으러 부자 영감을 찾아갔습니다.

"영감님, 어떻게 하면 돈을 벌 수 있습니까? 비결을 좀 가르쳐 주십시오."

"백 번 듣는 것보다 실제 해 봐야 확실하게 배울 것이 아니겠는가."

부자 영감은 그 가난한 사람을 능수버들이 우거져 있는

우물로 데리고 갔습니다. 그리고는 우물가 높은 버드나무로 올라가 나무에 매달리라고 했습니다. 가난한 사람은 돈을 벌 수 있는 방법을 가르쳐 준다는 말에 부자가 하라는 대로 했습니다.

그러자 부자가 버드나무에 올라간 가난한 사람에게 말했습니다.

"이제 가지를 잡고 매달렸으면 한 손을 놓게."

그 버드나무 바로 밑은 깊은 우물이라 가난한 이는 온몸이 덜덜 떨렸습니다.

그런데 부자는 다시 그에게 말했습니다.

"나머지 한 손도 놓게."

그러나 가난한 사람은 그것만은 도저히 할 수가 없었습니다. 그래서 부자 영감을 향해 버럭 소리를 질렀습니다.

"아니 이 손마저 놓으면 떨어져 죽을 게 아닙니까?"

그러자 부자는 껄껄 웃으며 말했습니다.

"바로 그 걸세. 돈을 벌려면 돈을 잘 쓸 줄 알아야 하는데, 돈을 쓸 때마다 지금처럼 버드나무 가지를 잡은 마지막 손을 떼는 심정으로 신중하게 사용해야만 하는 것이라네."

가난한 사람은 그래도 성이 차지 않아 그 고을의 이름난 부자를 찾아가서 부자가 되는 방법을 물었습니다.

"어떻게 하면 부자가 될 수 있는지 비결을 좀 가르쳐 주십시오."

고을의 부자는 흔쾌히 비법을 전수해 준다며 그 가난한 사람을 우물가로 데리고 가서 거기 있는 항아리에 물을 가득 채우라고 했습니다.

가난한 사람은 열심히 물을 길어 항아리에 부었으나 도무지 물이 괴지 않자 이를 이상하게 생각하여, 그 속을 들여다보았더니 밑이 빠져 있었습니다. 그는 부자를 찾아가서 아니 밑 빠진 독에 물을 붓게 하는 경우가 어디 있느냐며 화를 냈습니다. 가난한 사람의 항변을 유심히 듣던 부자는 그러면 내일 다시 우물가로 나오라고 했습니다.

이튿날 가난한 사람이 우물가에 가니 이번에는 말짱한 새 항아리에 물을 채워 넣으라고 했습니다. 그래서 물을 길으려고 두레박을 들고 보니 이번에는 두레박 밑이 빠져 있었습니다. 가난한 사람은 할 수 없이 그것으로 물을 긷기 시작했습니다. 밑 빠진 두레박에 물이 제대로 떠질 리가 없었습니다.

그러나 두레박에서 한 방울 두 방울 떨어지는 물을 항아리에 받다가 보니, 마침내 저녁쯤에는 항아리에 물이 가득 채워졌습니다.

항아리에 물이 가득 찬 것을 본 부자는 빙그레 웃으며 가난한 사람에게 말했습니다.

"알겠는가? 바로 이것이 내가 재산을 모은 비결이라네."

'고생을 해보아야 철이 난다.'
계단을 하나씩 밟고 정상에 오르듯 돈의 소중함을 알아야
그때 비로소 돈의 가치를 깨닫게 됩니다.
인간이 계절을 알아보아야 철들었다고
하는 이치가 여기에 있습니다.

부자 되는 비법

하늘이 마련해 준 것을 감사하는 마음으로 활용하세요

가난하게 살던 사람이 '어떻게 하면 부자가 될 수 있을까' 하고 생각한 끝에 부자로 사는 한 집으로 찾아가 주인에게 물었습니다.

"어떻게 하면 부자로 살 수 있습니까? 그 방법을 좀 가르쳐 주십시오."

부자가 느닷없이 찾아와 불쑥 묻는 사람에게 침착한 어조로 말했습니다.

"그건 어려운 일이 아닙니다. 나는 아무 생각 없이 그저 받기만 했으니 도둑질을 한 셈입니다. 고마운 마음으로 받았으면 선물이었을 텐데 고마움보다는 아쉬운 마음으로 받았습니다. 그래서 아쉬움을 가슴에 지닌 채 더 더라고 생각하면서 자꾸만 욕심을 부렸습니다. 그렇게 욕심을 과하게 부리다 보니 빼앗은 것이지요. 그렇게 도둑질을 시작한 지 5년 만에 자급자족을 할 수 있었습니다. 그리고 10년 만에 조금은 저축을 할 수 있었고, 15년째는 넉넉하게 살 수 있게 되어 지금은 이웃에게 나누어 주며 살고 있습니다."

이 말을 들은 가난한 사람은 '나도 도둑질을 하면 부자로 살 수 있겠구나' 생각하고 기뻐하며 돌아왔습니다. 그리고는 다음날 밤부터 밤이슬을 맞으며 남의 집에 숨어들어 닥치는 대로 도둑질을 했습니다. 꼬리가 길면 잡힌다고 그는 결국 붙잡혀서 죽도록 얻어맞고 갖고 있던 재산까지 모조리 압수당하고 말았습니다.

가난한 사람은 그 부자가 자기를 속였다고 생각하고 그 집을 찾아가 원망을 늘어놓았습니다.

푸념을 듣고 있던 부자가 그에게 말했습니다.

"도대체 당신은 무엇을 도둑질했소?"

가난한 사람이 남의 집 담장을 넘어 물건을 훔친 일을 사실대로 말하자 부자는 고개를 설레설레 흔들며 말했습니다.

"나는 하늘이 우리에게 내려 준 자연과 바람, 비 그리고 산과 들에 나는 것과 바다에 사는 것을 도둑질했습니다. 나는 농사를 짓고, 온갖 짐승을 키웠던 것입니다. 그리고 바다에 나가 값비싼 고기를 잡아 팔았습니다. 결국 나는 하늘이 길러 낸 것을 아무 대가 없이 훔쳤던 것입니다. 결코 남의 물건에 손을 대거나 주인이 있는 물건을 몰래 훔쳐온 적은 없소이다."

세상에 귀한 것은 모두 공짜입니다. 물, 공기, 햇빛, 그리고 사랑, 희망, 꿈 등 세상에 소중한 것 치고 공짜가 아닌 것이 없습니다.
이렇게 다 받았는데 단지 돈이 없다고 가난을 슬퍼합니다.
누리면서도 누리는 것을 모르고 더 갖기만을 원하는 욕심쟁이가 우리 인간입니다.

쓰지 않으면
돌이나 금이나

쓰지 않으면 돌이나 금이나 다를 바 없지요

돈을 무조건 모으는 데만 마음을 쓰는 수전노와 같은 사람이 있었습니다. 그는 돈을 벌면 한 푼도 쓰지 않고 모조리 궤 속에다 넣어 보관했기 때문에 머지않아 궤가 가득 차게 되었습니다. 그러자 그는 그 돈을 모조리 금덩어리와 바꾸고는 큼직한 금덩어리를 어루만지며 무척이나 좋아했습니다.

한참 동안 금을 바라보다가 문득 집에 도둑이 들어 금덩어리를 훔쳐 가면 어쩌나 하는 걱정이 되었습니다. 그래서 여러 가지 궁리 끝에 담벼락 밑에 구덩이를 파고 그 속에 금덩어리를 숨기기로 했습니다. 그리고 그 금덩어리가 밤새

무사한지 궁금해서 날만 새면 뜰에 나가 담벼락 밑을 들여다보곤 했습니다.

그러던 어느 날 밤 그가 자는 사이에 도둑이 들어 담벼락 밑의 금덩어리를 몽땅 훔쳐가고 말았습니다.

그가 땅을 치며 통곡하자 동네 사람들이 찾아와서 그를 위로했습니다.

"여보게. 그렇게 슬퍼한다고 없어진 금덩어리가 다시 돌아오겠나? 그만 진정하게. 그리고 금덩어리 대신 잘생긴 돌덩어리라도 그 구덩이에 묻어 놓고 금덩어리려니 생각하게나. 금이건 돌이건 쓰지 않으면 별반 다를 게 없지 않겠나."

'이미 엎질러진 우유를 보고 소리친들 소용없다.'
지나간 일이나 잘못을 후회한들 아무 소용이 없습니다.
지난 일에 대한 안타까움에 가슴앓이 하기 보다는 잘못에서 교훈을
얻어 더 큰 실수를 피하는 것이 현명할 것입니다.

어리석은 바보와 왕

세상에 필요한 것은 중용입니다

현명하다고 생각하는 왕이 똑똑한 신하들만을 데리고 국정에 임했습니다. 그런데도 늘 나랏일이 잘 안 풀리고 더불어 민심이 흉흉했습니다. 그래서 그 이유를 연구해 보도록 했더니 똑똑한 신하만이 아니라 어리석은 신하도 필요하다는 결론이 나왔습니다. 똑똑한 사람들만 있으니 서로 잘났다고 뻐기는 바람에 균형이 맞지 않는다는 주위의 이야기를 들은 왕은 백방으로 수소문하여 어리석은 사람을 데려오게 했습니다.

어리석은 사람을 데려오자 왕은 그가 정말 쓸모가 있는지 혹 소문대로 어리석기만 한지 시험해 보기 위해 문제를 냈습니다.

“궁전 안에서 열 사람의 바보를 찾아 그 어리석은 순서대로 명단을 제출하라.”

왕은 어리석은 사람에게 일주일의 시간을 주면서 그 명단을 제출토록 했습니다. 7일째 되는 날, 왕이 그에게 물었습니다.

“명단은 작성되었는가?”

“예.”

왕은 누구누구를 넣었을까 하는 호기심으로 그 명단을 받았습니다. 그리고 물었습니다.

“누가 첫 번째인가?”

“예, 폐하입니다.”

왕은 어리석은 자가 자기라고 지목되자 당황하기도 했지만 내심 화가 났습니다. 그래도 그 경위를 알고 싶어 물었습니다.

“아니 어째서 나냐?”

“예, 저는 어제까지도 첫 번째 바보를 찾아내지 못했습니다. 그런데 폐하께서 어제 한 신하에게 수백만 루피를 주면서 먼 나라에 가서 귀한 보석을 사오라고 하는 것을 보고 폐하로 결정했습니다. 제 생각에 그는 다시 돌아오지 않을 것입니다. 그런데도 폐하는 그를 믿었습니다. 그러니 폐하는 바보임에 틀림이 없습니다. 바보들이나 믿으니까요.”

“좋다. 그럼 그가 돌아오면 어찌하겠느냐?”

어리석은 신하가 왕의 물음에 대답했습니다.

"그럼 그때는 폐하의 이름을 지우고 대신 그 신하의 이름을 적어 넣겠습니다. 그렇게 많은 돈을 주었으니 어디론가 가 편히 살 수 있을 텐데, 그걸 가지고 다시 나타난다면 그처럼 바보가 또 어디에 있겠습니까?"

속인들은 선 · 악을 엄하게 갈라놓고
신상필벌을 내세우고 있습니다. 그러나 그것은
소견이 좁고 자의적입니다.
소인의 정치는 까다롭고 낱낱이 따집니다.
자연은 순박하고 모든 것을 다 골고루 줍니다.
대인은 절대로 남에게 강요하거나
미혹시키지 않고 스스로 하게 합니다.

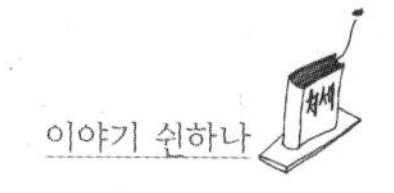

거지 부부의 얕은 꾀

언제까지 약삭빠른 처세술에 얽매일 것인가

거지가 몸이 가려워 유대인의 정신적 지도자인 랍비의 집 대문 기둥에 등을 대고 비벼 대고 있었습니다.

정원을 거닐다 이상한 소리를 듣고 문을 열어본 랍비는 코를 찌르는 악취가 풍기는 거지를 보고 문득 불쌍한 생각이 들었습니다. 그래서 안으로 데리고 들어가 목욕을 시키고 옷을 깨끗하게 갈아입힌 다음 먹을 것을 주었습니다.

그 다음 날이었습니다. 이야기를 들은 거지 부부가 찾아와서는 어제의 거지처럼 대문 기둥에 등을 비비고 있었습니다.

잠시 후 그 광경을 본 랍비는 그들을 잡아들여 곤장을 때린 다음 쫓아내 버렸습니다.

쫓겨나며 거지 부부가 어제의 거지와 공평하게 대우해 주지 않는다고 불평하자 랍비는 이렇게 말했습니다.

"어제의 거지는 혼자이기에 기둥에다 비벼 긁을 수밖에 없었겠지만, 너희들은 둘이니 서로 등을 긁어 줄 수 있지 않느냐? 서로 돕고 이해하며 사랑하지 못하고 얕은꾀로 살아가려 하는 너희들에게 이런 대접은 당연한 것이다."

돌과 같은 마음은 황금의 끌로만 열 수 있다는 말처럼
하지 않으려는 석심石心과 하고자 하는 황금의 끌과 같은 마음으로
곤장이 아닌 사랑의 매로 때린다면 문은 열릴 것입니다.

성자 루미

자신에게 진실할 때 비로소 남에게 요구할 수 있습니다

성자 루미에 대한 이야기 중의 한 대목입니다.

한 여인이 성자 루미에게 자신의 아들을 데려와 그가 말을 듣지 않는다고 일렀습니다.

"루미 선생님, 우리 아이가 아무리 꾸짖어도 영 말을 듣지 않습니다. 이 아이는 설탕을 지나치게 많이 먹습니다. 제 말은 듣지 않기에 루미 선생님에게 가 보자고 했습니다. 루미 선생님 말이라면 무엇이든지 듣겠다고 약속했습니다."

성자 루미는 소년을 보았습니다. 그리고 이렇게 말했습니다.

"일주일 후에 다시 오너라."

여인은 매우 놀랐습니다. 그리고 속으로 이렇게 생각했습니다.

'먹지 말라고 한마디만 해주면 될 것을 일주일 후에 다시 오라니 그래, 소문만 훌륭한 분이라고 난 거 아냐? 아니지. 신중하기 때문에 그럴 거야. 그런데, 이렇게 사소한 일을 일주일씩이나 미루다니…….'

그로부터 일주일 후 여인과 소년은 다시 루미를 찾아왔습니다. 루미가 말했습니다.

"일주일만 더 기다려라."

아이의 어머니가 성자 루미에게 물었습니다.

"왜 일주일을 더 기다려야 합니까?"

성자 루미는 여인의 질문에 별 대답이 없다가 깊은 한숨을 쉬며 다시 말했습니다.

"음, 일주일만 더 기다리셨다가 그 후에 다시 아이와 오십시오."

일주일 후 그들이 다시 왔을 때, 성자 루미가 말했습니다.

"얘야, 앞으로는 설탕을 먹지 말아라."

그러자 소년이 순순히 대답했습니다.

"루미 선생님, 잘 알았습니다. 앞으로는 절대로 설탕을 먹지 않겠습니다."

여인은 아들의 순종에 놀라워하며 물었습니다.

"선생님, 한 가지만 더 묻겠습니다. 그 말씀을 해 주시는데 왜 3주일이나 걸려야 했습니까?"

성자 루미가 말했습니다.

"부인 나도 설탕을 무척 좋아합니다. 그런데 어떻게 내가 이 아이에게 설탕을 먹지 말라고 할 수 있겠습니까? 그렇게 말하면 그것은 거짓말이 되고 맙니다. 그래서 나는 2주 동안 설탕을 끊으려고 노력했습니다. 그러나 실패했습니다. 그래서 다시 한 주일 동안 더 시도해 봤습니다. 이제 나는 설탕을 끊을 수 있게 되었습니다. 그러니 떳떳하게 아이에게 말할 수 있었습니다.

'소년아, 너는 설탕을 끊을 수 있다. 보아라, 나이든 나도 설탕을 끊는데 너는 젊다. 너는 앞으로 무엇이든지 할 수 있다. 그와 같이 너는 설탕을 먹지 않아도 견딜 수 있다. 알겠니?' 그랬더니 소년이 순순히 그러겠다고 말하더군요."

나도 제대로 실천하지 못하는 것을
남에게 가르치지는 않았습니까?

할 수 없는 것과
안 하는 것

할 수 없는 것에 연연하지 말고, 안 하던 것 중에 할 일을 찾아보세요

제나라 선왕宣王이 유학자로 이름난 맹자孟子에게 왕도王道에 대해 물었습니다.

이에 맹자가 대답했습니다.

"왕께서 언젠가 제사의 제물로 쓰기 위해 도살장으로 끌려가는 소가 눈물을 흘리는 것을 가엾게 여겨 양으로 바꾸라고 하셨단 말을 들었습니다."

"그런 일이 있었지."

"그러한 마음이면 왕으로서 충분히 나라를 다스릴 수 있습니다. 백성들은 왕께서 소가 아까워서 그런 것이라고 합니다만, 저는 왕께서 소가 죽으러 끌려가는 것을 보시고 가여운 생각이 들어 도와주고 싶은 마음에서 그러신 줄을 알고 있습니다."

"참으로 그렇소. 소가 부들부들 떨며 도살장으로 끌려가는 것을 차마 볼 수가 없어서 양으로 바꾸라 한 것이오."

"그러나 죄 없이 도살장으로 끌려가는 소를 측은히 여기셨다면 어찌 소와 양을 구별할 수 있겠습니까? 눈앞에 있는 소는 불쌍하고, 보이지 않는 양은 불쌍하지 않으셨단 말씀입니까?"

"경의 말을 들으니 그럴듯하오. 그런데 그러한 마음이 왕노릇 하는 데 절실하다는 것은 무슨 말이오?"

"그것은 이렇습니다. 어떤 사람이 만약에 '내 힘은 수천 근의 무게를 능히 들 수 있는데 한 개의 깃털은 들 수가 없다'고 한다면 왕께서는 그 말을 믿으시겠습니까? 또 '내 눈의 털 끄트머리는 볼 수 있는데 수레에 산더미 같이 쌓인 나뭇단은 볼 수가 없다'고 한다면 그 말을 믿으시겠습니까?"

"그야 믿을 수 없겠지."

"지금 왕의 은혜가 금수禽獸에게까지 베풀어지고도 남는데 왕의 공덕이 더 소중한 백성들에게 나타나지 않는 것은 무슨 까닭이십니까?

새의 깃 하나를 들 수 없다는 것은 힘을 내지 않는 까닭이며, 수레에 실린 나무를 볼 수 없다는 것은 눈을 떠서 보지 않기 때문입니다. 마찬가지로 왕께서 백성을 사랑하지 않으심은 은혜를 베풀지 않으신 것이라고 할 수 있습니다. 왕께선 못하시는 것이 아니라 하지 않으신 것이옵니다."

"하지 않는 것과 못하는 것은 그 내용이 어떻게 다르오?"

"만약 어떤 사람이 '나는 태산을 겨드랑이에 끼고 북해를 건너뛰고 싶은데 아무래도 안 된다'고 말했다면 그것은 정말 못하는 것입니다. 그러나 '어른을 위해 나뭇가지를 하나 꺾고 싶은데 잘 안 된다'고 한다면 그것은 못하는 것이 아니라 하지 않는 것입니다.

왕께서 어진 왕 노릇을 하지 않으심은 태산을 옆구리에 끼고 북해를 건너뛰는 것이 아니라 나뭇가지 하나를 꺾을 수 없다고 하시는 말씀과 같습니다.

자기 집 어른 공경하는 마음을 남의 집 어른에게까지 미치게 하고, 자기 집 어린아이 사랑하는 마음을 남의 집 어린아이에게까지 미치게 하면, 천하는 손바닥 위에서 마음대로 놀리듯이 잘 다스려질 것입니다."

선왕은 맹자의 말을 듣고 연신 고개를 끄덕였습니다. 그리고 정치의 왕도에 대해 곰곰이 생각해 보게 되었습니다.

인(人)은 인(仁)으로 나아가고,
인(仁)은 덕(德)으로 나아가고,
덕(德)은 치국(治國)으로 나아가고,
치국(治國)은 평천하(平天下)로 나아갑니다.

방물장수의 상상

말 그대로 상상은 자유입니다

바느질 도구나 화장품, 패물 따위를 팔고 다니는 방물장수가 해가 저물자 무거운 발걸음을 옮기며 산동네 조그마한 객줏집에 들어섰습니다. 하도 고단해서 몸이 천근만근이었습니다. 노독을 풀려면 약주나 몇 사발 들이키는 것이 제일이지만 돈을 모으려면 그럴 수도 없었습니다. 겨우 장국 한 그릇을 시켜먹고서 자리에 누웠습니다. 손님이라곤 자기밖에 없었습니다. 막 잠이 들려는 참인데 윗방에서 소곤소곤 말소리가 들리기 시작했습니다. 객줏집 젊은 부부가 주고받는 대화였습니다. 방물장수는 잉꼬부부의 다정한 대화를 듣다 보니 심사가 울적해졌습니다.

처자식 곁을 떠난 지 벌써 한 해가 가까웠습니다. 그토록 먹고 싶은 술 한 잔을 아끼고 가는 곳마다 짐짓 정을 전해오는 여인들도 많았건만 일편단심 한 푼이라도 더 모아 고향으로 돌아가서 처자식을 기쁘게 해 주겠다는 일념으로 방방곡곡을 다녔습니다. 그런데 오늘 밤은 젊은 내외가 아랫방 손님의 외로운 심정 따위는 아랑곳하지 않고 지껄이고 있는 것이었습니다. 그렇다고 젊은 내외가 서로 정담을 나누는데 쫓아가서 물 한 두레박 끼얹듯이 훼방 놓을 수도 없었습니다.

하지만 어쨌든 심사가 울적해지자 머리가 지끈지끈 아파왔습니다. 그렇게도 몸이 고달픈데 잠이 오지 않으니 미칠 지경이었습니다.

"아이 고거 예뻐, 너무너무 예뻐서 얄미울 지경이야. 가위 갖다가 싹둑 잘라 가질까 보다."

남자의 목소리였습니다. 도대체 무엇을 가위로 잘라 가지겠다는 것일까요? 이 물건 저 물건을 행상하는 방물장수는 그들의 대화를 들으면서 '가위로 잘라 가질까 보다'의 그 신체 부위가 어디일까 제멋대로 상상해 보고 있었습니다. '입술일까? 코일까? 젖꼭지일까? 아니면 작은 손가락일까? 아니면 궁둥이? 아니 거긴 너무 평평하지.'

방물장수는 자기가 사랑하는 아내의 여러 신체 부위를 상상하다가 젊은 새댁의 신체 부위들을 상상해 보았습니다.

이때 부부의 대화가 더욱 무르익어 갔습니다.

"아이 여보. 요거 너무너무 예뻐, 너무너무 얄미워. 칼이 있으면 잘라 가질까 보다."

이번에는 여자의 목소리였습니다. 도대체 남자 신체의 어느 부위를 저 여자는 칼로 잘라 갖고 싶어 하는 것일까요? 남자한테도 그렇게 얄미울 정도로 예쁜 데가 있을까요? 아마도 여자한테는 그런가 보지요. 그런데 이들 부부는 도무지 자려는 기색이 없었습니다.

'못된 연놈들 같으니. 온종일 낮잠만 잤는가? 저것들은 왜 밤새 잠은 안자고 저 지경일까?'

한참 있다가 소리가 뜸해졌습니다.

"이젠 저들도 잠을 자나 보다. 나도 이젠 잠을 자겠구나."

그런데 좀 있더니 그들의 대화가 다시 시작되었습니다. 초저녁에 하던 얘기가 다시 반복되는 것이었습니다.

"아유 요거, 너무너무 얄미워. 가위나 칼 없나. 갖다가 쌍둥 잘라 가질까 보다."

"아유 이거 너무너무 멋있어. 칼로 확 잘라 갖고 다닐까 보다."

초저녁에 하던 얘기의 재연입니다. 그것이 끝난 후엔 다시 또 그 대화가 반복됩니다. 그리고 그들은 그때까지 떠들다 삼경에서야 잠이 들기 시작하는가 보다 싶었습니다. 그런데 사내 녀석의 코고는 소리가 서까래를 흔들 듯이 요란했습니다.

"아이쿠, 이번에는 종목이 바뀌었군. 코고는 소리 한번 요란하네."

날이 샜는데 이제는 자고 싶어도 잘 수가 없었습니다. 화가 치밀어서 벌떡 일어나 앉아 보니 머리가 지끈지끈 아픈 게 상투 끝을 천장에 매달고 빙글빙글 연자방아처럼 맴을 도는 기분이었습니다. 잠을 제대로 자야 이 고을 저 고을로 신바람 나게 다니는데 이거야 도무지 밤새껏 속만 태우고 하루 일을 공치게 만든 것 아니겠습니까!

"에라 빌어먹을."

그는 미친 사람처럼 일어나서 윗방 장지문을 벌컥 열었습니다. 그리고 눈을 부라리며 소리를 질렀습니다.

"여보시오!"

새벽잠이 곤히 들었던 두 내외는 아랫방 손님의 난데없는 출현에 기겁을 하고 일어나 앉았습니다.

"아니 뭐요? 무슨 짓이오?"

"나요, 아랫방 방물장수요. 가위나 칼 사시오."

그런데 젊은 부부는 밤새 밥상다리를 고치려고 칼로 깎고, 틈새에 넣을 작은 나무 깍지를 가위로 자르느라고 소란을 피우다 막 잠이 든 거였습니다.

질투는 천 개의 눈을 가지고 있습니다.
그러나 한 가지도 올바르게 보지 못합니다.
사랑의 원천인 정열은 불입니다.
불은 인간 생활에 없어서는 안 되지만
모든 것을 집어삼킬 정도로
위험하기도 한 것입니다.

연륜이 이치를 깨닫는 열쇠

오랜 시간 깊이 생각하면 이치가 보입니다

아들에게 새 자전거를 사 주기로 약속한 아버지가 자전거 회사에 신상품인 자전거를 신청하고 그것이 배달되어 오기를 기다리고 있었습니다. 그러나 막상 자전거가 도착하자 아버지는 난감했습니다. 배달된 자전거는 완제품이 아니라 직접 조립해야 하는 조립용 자전거였습니다.

아버지는 상자를 열고 모든 부속품을 죽 늘어놓고 너트 하나와 볼트 하나까지 바닥에 펼쳐 놓았습니다. 그리고 설명서를 몇 번이나 펼쳐 읽고 또 읽어 보았습니다. 하지만 그 부속품들을 어떻게 연결해야 할지 전혀 머릿속에 그림이 그려지지 않았습니다. 마침내 아버지는 손기술이 좋기로 소문난 이웃집 노인에게 도움을 청하기로 했습니다.

이웃집 노인은 집에 들어서자마자 널려 있는 부속품을 하나하나 살펴보더니 설명서도 보지 않고 부속품들을 하나씩 주워들고는 한참 동안 세밀하게 관찰하면서 자전거를 조립하기 시작했습니다. 얼마나 지났을까? 제대로 된 자전거가 거짓말처럼 서 있었습니다.

노인의 실력에 놀란 아버지가 노인에게 물었습니다.

"정말 대단한 실력이십니다. 어떻게 설명서도 읽어 보지 않고 이렇게 제대로 맞출 수가 있습니까?"

그러자 노인은 수줍은 듯 웃으며 대답했습니다.

"사실 나는 글을 읽을 줄 모릅니다. 글을 읽지 못하는 사람은 대신에 깊이 생각하는 법을 터득해야 그 원리를 이해하죠. 모든 물건은 필요에 의해 만들어집니다. 따라서 근본 이치는 간단하답니다. 연륜은 바로 그 이치를 깨닫게 해주는 열쇠지요."

손을 툭툭 털고 일어서며 노인은 아버지와 아들에게 씽긋 웃어 주었습니다.

늙은 말이 길을 안다고 했습니다.
나이와 경험이 많으면 그만큼 사물의 이치를 잘 알게 된다는 말입니다.
노인의 혜안을 따르고 공경하여 오래, 깊이 생각하는
습관을 가져봄 직하겠습니다.

나쁜 소문과 좋은 평판

진실은 반드시 밝혀진다는 믿음을 놓아 버리지 마세요

제나라 위왕威王은 밖으로는 큰 나라와 친선을 도모하고, 안으로는 남을 위하는 사람에게 상을 주어 태평성대를 이루었습니다. 또 남에게 피해를 주거나 죄를 지은 자에게는 벌을 주는 일을 엄하고 바르게 하여 정치를 공정하게 하는 데 힘썼습니다.

위왕이 한 번은 즉묵卽墨 지방을 맡아 다스리는 대부를 불러 이렇게 말했습니다.

"경이 즉묵을 지키게 된 이래 즉묵 고을의 나쁜 소문이 끊이지 않고 들려왔소. 그래서 내가 사람을 보내어 어떻게 고을을 다스리나 알아보았더니 들녘은 잘 개척이 되어 있고,

백성들은 살림이 유족하며 관청의 일도 순조롭게 잘 되고 있다는 것을 알았소. 경의 치적이 그만큼 훌륭한데도 나쁜 소문이 그치지 않은 것은 내 좌우에 있는 사람들에게 뇌물을 주지 않았기 때문이오. 경은 참으로 청렴했소."

위왕은 대부를 칭찬하고 그에게 상으로 1만 호의 땅을 내주었습니다.

그다음에 아阿라는 지방의 대부를 불러들였습니다.

"경에 대해서는 궁내에서 아 지방을 잘 다스리고 있다고 칭찬하는 소리가 매일같이 끊이질 않았소. 그래서 내가 사람을 보내 알아보았더니 논밭은 묵어 있고, 백성들은 가난에 쪼들리고 있었소. 그뿐 아니라 지난번 조나라가 견 지방을 공격했을 때 경은 보고 있기만 하고 구조에 더 힘을 쓰지 않았소. 또 위나라가 설릉薛陵을 빼앗을 때에도 경은 모른 척했었소.

경이 그만큼 무책임하고 일을 게을리했는데도 궁내에서 평판이 좋았던 것은 경이 나의 주위 사람들에게 늘 뇌물을 주어 환심을 샀기 때문 아닌가. 천하에 고약한지고!"

위왕은 그를 크게 나무라는 한편 그를 추어올려 말했던 신하들을 그날로 자리에서 내쫓았습니다.

대체로 진실에는 두 가지 면이 있다.
따라서, 어느 한 쪽에 치우치기 전 먼저 그 양면을
잘 살펴보아야 합니다.
—이솝

그림을 그릴 줄은 몰라도 볼 줄은 안다

남을 원망하기에 앞서 자신을 한번 돌아보세요

화가 한 사람이 전람회의 심사에 불만을 품고 스승을 찾아가 이렇게 말했습니다.

"얼마 전에 열린 전람회에 제 작품을 출품했습니다. 이번에는 정말 열심히 그렸기 때문에 꼭 입상하리라고 생각했습니다. 그런데 낙선이 되고 말았습니다. 이럴 수가 있습니까? 아마도 심사위원들이 그림이라고는 전혀 모르는 사람들이거나 아니면 그림을 그려 보지도 않은 사람들임이 분명합니다. 그렇지 않고서야 어찌 제 작품이 떨어질 수가 있습니까?"

"허허 그것참 안됐군."

그의 이야기를 들은 스승이 그를 위로하며 한마디를 곁들여 말했습니다.

"그런데 말이야, 만약 평생 그림이라고는 한 장도 그려 보지 못한 사람이 심사위원이었다고 하더라도 나는 그것을 별로 이상하게 생각하지 않는다네. 나는 이 나이가 되도록 한 번도 달걀을 낳아 보지 못했지만 어떤 달걀이 싱싱한 것인지 아닌지를 가려낼 줄은 알거든."

스승은 의미심장한 말을 한 다음 이렇게 말했습니다.

"어떤 심사위원이 보더라도 뽑힐 만한 그런 그림을 그리도록 노력해 보는 것이 어떻겠는가?"

남이 나를 알아주지 않으면
맥이 빠지고 분한 마음이 들기도 하는 게 인간입니다.
그러나 이러한 감정은 오래도록 간직하지 않는 게 좋습니다.
부정적인 감정에 빠져 허우적거리느니 산보라도 하든가
이를 악물고 내일을 준비하는 것이 훨씬
당신 삶에 도움이 되는 일입니다.

'빨간 부리를 가진 초록색 앵무새' 요리

나와 타인을 너무 닦달하다 보면
'빨간 부리를 가진 초록색 앵무새' 요리만 먹게 될지도 모릅니다

고약한 왕이 용상에 앉아 있다가도 특별한 이유도 없이 자신의 심기가 불편해지면 누구든지 잡아다 그 자리에서 죽였습니다. 때문에 그 밑에 있던 신하들은 왕을 모시기가 여간 까다로운 것이 아니었습니다.

뿐만 아니라 식성까지 까다로워 먹는 것도 아무것이나 함부로 식탁에 올릴 수가 없었습니다. 만약 구하기 힘든 음식을 어렵게 구해 식탁에 올렸다가 그것을 더 가져오라고 하여 금방 대령하지 못하는 날에는 영락없이 누군가가 죽임을 당하기 일쑤였습니다.

고민을 거듭하던 신하들은 마침내 왕의 까다로운 식성을 맞추면서도 아무도 죽임을 당하지 않는 방법을 깨우치게 되었습니다.

신하들은 왕의 식탁에 일 년 내내 시금치만 올리기로 했습니다. 그것은 언제나 금방 구할 수 있으니 문제가 없기 때문이었습니다. 하지만 왕이 '이 음식이 무엇인가?'라고 물었을 때 만약 '예, 그것은 시금치입니다'라고 말하면 그 값싸고 흔한 시금치를 매일 식탁에 올렸다고 불호령이 떨어질 게 뻔했기 때문에 신하들은 이렇게 대답하기로 약속했습니다.

"예, 그것은 아주 구하기 힘든 '빨간 부리를 가진 초록색 앵무새'라고 합니다."

결국 왕은 죽을 때까지 '빨간 부리를 가진 초록색 앵무새'만을 즐겨 먹었다고 합니다.

'모두의 책임은
아무도 책임이 없는 것과 마찬가지다.'
여러 사람에게 책임을 맡기면
서로 미루기만 하고 누구도 책임지지 않아
계획한 일이 실패하기 십상입니다.

진흙바닥에서 꼬리를 끌다

물러날 때와 들어설 때의 타이밍이 중요합니다

장자莊子가 매일 복수(지금의 하북성 복양 현에 흐르는 강)에서 낚시를 하고 있었습니다.

그러자 초나라의 왕이 이 소식을 듣고 대신 두 사람을 보내 그를 모셔오게 했습니다. 두 대신이 물가의 큰 정자나무 밑에서 낚싯대를 드리우고 있는 장자를 발견하고 말했습니다.

"우리 왕께옵서 선생을 부르십니다. 선생이 어진 어른이신 것을 아시고 선생께 나라의 정사를 맡기고 싶어 하십니다. 부디 오셔서 도와주십시오."

그러나 장자는 낚싯대를 쥔 채 돌아다보지도 않고, 앉아만 있었습니다. 대신들은 할 수 없이 한 번 더 왕의 부름을 이야기했습니다. 한참을 있다가 장자가 비로소 입을 열었습니다.

"내가 듣자 하니 초나라에서는 이미 죽은 지 삼천 년이나 되는 거북을 비단에 싸 상자에 넣어 태묘에 모셔 놓고 제사를 지낸다지요?"

두 대신은 고개를 끄덕이며 대답했습니다.

"예, 그러하옵니다."

"그렇다면 그 거북은 죽어서 껍데기를 남겨 사람들의 제사를 받기를 원하겠소, 아니면 살아서 진흙 바닥에서 꼬리를 끌며 돌아다니기를 원하겠소?"

두 대신은 서로 얼굴만 쳐다보다가 이구동성으로 말했습니다.

"그야 살아서 진흙 바닥을 돌아다니고 싶을 테지요."

장자는 껄껄 웃으며, 왕명을 받고 온 신하에게 말했습니다.

"나 또한 차라리 진흙 바닥을 기어 다닐지언정 벼슬에 얽매여 살고 싶지 않으니 어서 돌아가시오."

이렇게 해서 장자는 굴러들어온 재상 자리를 초연히 차 버렸습니다.

세상에서 성공을 거두기 위해서는 타인들에게서 사랑받는 덕과
타인들이 두려워할 만한 뚜렷한 소신이 필요하다.
—쥬베르

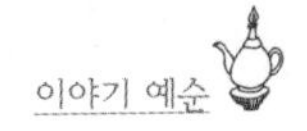

나이 먹어 배움은 촛불과 같다

시작하기에 늦은 때란 없습니다

한 노인이 세상일에 정통한 현자를 찾아가 말했습니다.

"제 나이가 벌써 일흔입니다. 이 나이까지 살면서 세상의 숱한 고난을 겪어 왔습니다. 그리고 배우지 못해 아주 어릴 적부터 일만 하면서 살아왔습니다. 그런데 지금은 자식들이 제 일을 대신하여 이제 한결 편해졌습니다. 그래도 마음 한 구석에 늘 아쉬움이 있어 이렇게 찾아뵈었습니다.

선생님 제 나이가 칠십인데도 공부가 하고 싶습니다. 늦었다는 것을 잘 압니다만 그래도 어려운 책도 읽고 옛사람들의 생활상이나 생각도 알고 싶습니다. 하지만 그러기에는 너무 늦지 않았는지 두렵습니다."

현자가 진지하게 물어오는 노인에게 말했습니다.

"나이의 많고 적음은 공부와 아무 상관이 없습니다. 그럼에도 불구하고 늦었다는 생각이 든다면 이 촛불을 켜 보십시오."

"촛불이라니요? 무슨 말씀이십니까?"

노인이 영문을 몰라 되묻자 현자가 조용히 말했습니다.

"젊은이의 배움은 어둠을 물리치며 서서히 찾아오는 여명의 아침 햇살과 같이 세상 이치를 환히 꿰뚫는 것처럼 밝습니다. 그리고 나이 먹은 황혼의 배움은 이 촛불의 빛과 같다고 할 수 있습니다. 오히려 완숙하고 차분하여 정통을 꿰뚫을 수 있습니다."

현자는 직접 초를 가져와 촛불을 켜더니 조용히 노인에게 말했습니다.

"보십시오. 촛불은 비록 멀리까지 비추지는 못하지만 깜깜한 어둠 속에서 앞을 보지 못해 이리저리 채이고 넘어지는 걸 막아 주기에는 충분히 환한 빛입니다."

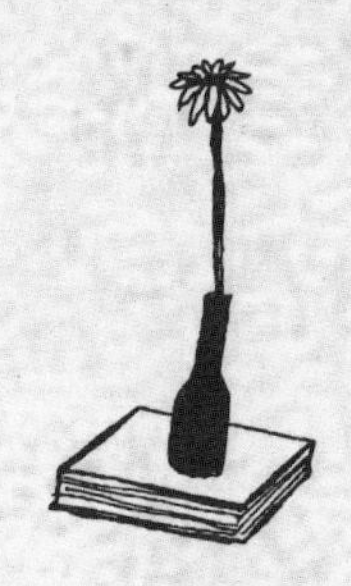

배움이란 요람에서 무덤까지 그치지 않고
끊임없이 정진하는 삶 자체라고 흔히 말합니다.
모르는 것을 깨우침에는 노소가 있을 수 없습니다.
어떤 것을 시작할 때 가장 늦은 때란 없습니다.
배움도 이와 같아서 요람에서 무덤까지
그치지 않는 것입니다.

두루 듣고 두루 봐야

처음과 끝을 두루 살펴야
성급한 판단을 내리지 않을 수 있습니다

나라를 다스리는 왕이 많은 신하들 중에서 유독 한 신하의 말만을 믿고 따랐습니다. 왕은 그 신하에게 국정을 맡기고 그가 제멋대로 권력을 휘둘러도 간섭을 하지 않았습니다. 그러다 보니 자연 많은 비리가 행해졌고, 백성들의 원망도 높았습니다.

이를 안타깝게 여기던 한 선비가 왕을 찾아가 아뢰었습니다.

"상감마마, 제가 어제 신통한 꿈을 꾸었습니다."

"그래, 어떤 꿈이었느냐?"

"어젯밤 꿈속에서 제가 아궁이를 보았는데, 오늘 이렇듯 전하를 뵙게 되었습니다. 이 어찌 신통하지 않다고 하겠습니까?"

그러자 왕은 그가 자기를 아궁이에 비유한 것이 못마땅한 생각이 들어 화를 내며 말했습니다.

"그렇다면 내가 아궁이란 말인가? 나를 만나려면 꿈속에서라도 태양을 보아야 하거늘."

그러자 선비가 고개를 가로저으며 이렇게 말했습니다.

"태양이란 온 천하를 두루 비추는 것으로써 그 어떤 것도 가릴 수 없습니다. 왕 또한 한 나라를 두루 비추기 때문에 단지 한 사람이 그 빛을 가릴 수 없는 이치입니다. 그래서 꿈속에서 태양을 보게 될 때면 왕을 뵙게 됩니다. 그러나 아궁이는 누군가가 그 앞에 앉아서 불을 쬐면 그 사람 때문에 뒷사람들은 아궁이의 불을 쬘 수가 없게 됩니다. 지금 혹시 누군가가 전하를 가리고 있는 것이 아닌지요. 그래서 제가 아궁이 꿈을 꾸었는지도 모르겠습니다."

왕은 선비의 말을 듣고 뒤늦게나마 깨달은 바가 있었습니다. 그러나 겉으로는 크게 꾸짖어 내쫓고는 그날로 인사를 단행해 현명한 신하들의 높은 식견을 받아들여 정책을 세웠습니다. 그렇게 해서 곁불을 볼 수도 없었던 신하들이 곁불이 아닌 태양 빛을 받게 되었습니다.

할머니의 직언

때로는 직언이 필요합니다 옳다면 물러서지 마세요

할머니가 못된 젊은이에게 사기를 당해 크게 손해를 입었습니다. 그 할머니가 왕을 뵙고 억울하니 이 사건을 해결해 달라고 호소했습니다.

이런 일은 이따금씩 있는 일이어서 왕은 대단치 않게 생각했습니다. 그래서 왕은 정승들에게 이 일을 맡겼습니다.

왕은 할머니에게 자신이 지금 나랏일이 바빠서 그 청을 들어줄 여유가 없다고 말했습니다. 그러나 할머니는 재삼, 재사 간곡하고도 집요하게 꼭 왕께서 재판을 해주십사고 애원했습니다.

왕은 마침내 할머니에게 화를 내며 말했습니다.

"나랏일이 바빠서 그대의 사사로운 사정은 돌볼 수 없다고 하는데, 왜 성가시게 구느냐?"

왕이 언성을 높여 꾸짖었으나 할머니는 겁먹고 물러가기는커녕 오히려 엄숙한 말투로 왕에게 아뢰는 것이었습니다.

"그렇습니까? 그러시다면 폐하는 국왕으로서 일을 볼 시간이 없다는 말이 아닙니까?"

이 말을 듣고 잠시 생각에 잠겼던 왕은 고개를 들어 할머니에게 말했습니다.

"그대야말로 이 나라의 가장 충성스러운 백성이오. 그대의 직언으로 짐이 해야 할 일이 무엇인지 알게 되었소."

왕은 크게 칭찬하고 할머니에게 위로의 말을 건넸습니다. 그리고 동시에 많은 상을 내리고 재판을 열었습니다. 왕은 이후 아무리 바쁜 일이 있을지라도, 소송이 있을 때는 반드시 직접 관여하여 일 처리를 하였습니다.

흥분하는 목소리보다
낮은 목소리가 위력 있습니다.

남에게 쏜 화살

남에게 쏜 화살은 반드시 자기에게 돌아오는 법입니다

배를 타고 대양을 항해하는 선장과 항해사가 있었습니다. 평소에 술을 잘 마시지 않던 항해사가 얼마나 지루했던지 어쩌다 술에 취한 적이 있었습니다.

항해사를 미워하며 불편한 관계에 있던 선장은 그날 항해일지에 '항해사가 술에 취했다'라고 기록을 남겼습니다. 항해사가 술에 취한 적은 그때가 처음이었지만, 선장은 그가 해고되기를 원했기 때문에 그렇게 기록한 것이었습니다.

선장의 그런 속마음을 안 항해사는 제발 그 기록을 지워 달라고 애원했습니다. 그러나 선장은 단호히 말했습니다.

"당신이 술에 취한 것을 사실대로 기록한 것뿐입니다."라고 하면서 끝까지 고쳐주지 않았습니다.

며칠이 지난 후 항해사가 항해 일지를 작성하는 날이 왔습니다. 항해사는 그날 '오늘은 선장이 술에 취하지 않았다'라고 기록하였습니다. 실제로 선장은 술을 마시지 않았으나, 그 기록이 암시하는 내용은 다른 날에는 선장이 술을 마셨는데 오늘만 마시지 않았다는 의미였습니다.

곤혹스러워진 선장은 항해사에게 그 기록을 빼달라고 요청했습니다. 그때 항해사는 이렇게 대답했습니다.

"당신은 오늘 술을 마시지 않았습니다. 그러므로 나는 사실 그대로 기록했을 뿐입니다."

'뿌린 데로 거두리라.'
콩 심은 데 콩 나고 팥 심은 데 팥 난다는
말처럼 세상의 일은 공평합니다. 대접받고 싶으면
먼저 대접해야 합니다.

삶에서 부딪치는 고민

어쩌면 지금 당신은
행복한 고민에 빠져 있을지도 모르겠군요

가난한 가장이 어렵게 살림을 꾸려가고 있었습니다. 그에게는 아들 둘과 딸 하나가 있었는데 언제나 경제적 어려움 때문에 고민이 이만저만이 아니었습니다.

특히 두 아들은 아버지를 돕기 위해 손수레를 끌고 언덕 비탈길을 오르내려야 했기 때문에 늘 신발이 빨리 닳아 떨어지곤 했습니다.

며칠 전 아이들이 신발이 다 닳았다고 아버지에게 새 신발을 사 달라고 졸랐습니다. 또 아내는 아이들이 옷이 빨리 더러워지니 세탁기를 사야겠다고 남편에게 부탁했습니다.

가난한 가장은 그 돈을 또 어떻게 구하나 고민을 하다가 결국 생활에 가장 필요한 세탁기를 먼저 장만하기로 하고 신문 광고란을 뒤져 중고품 세탁기 파는 집을 찾아갔습니다.

중고품을 내놓은 집은 아주 크고 훌륭한 저택이었습니다. 주인 부부는 친절히 그를 맞이했습니다. 아주 싼 값에 세탁기를 구입한 그는 기분이 좋아서 주인 부부와 이런저런 이야기를 나누기 시작했습니다. 그러다가 그는 무심코 가정 이야기를 꺼내게 되었고, 자기 아이들 이야기를 하게 되었습니다.

"우리 아이 두 녀석은 저를 도와 일을 잘합니다. 그런데 일을 하다 보니 신발이 빨리 닳아 새 신발을 사달라고 난리인데, 새 신발을 장만할 돈이 마땅치 않습니다. 그리고 신발이 왜 그리 빨리 닳는지 모르겠습니다. 그래도 새 신발을 사주기는 사줘야 할 텐데 걱정입니다."

이야기가 끝나자 웬일인지 부인 얼굴이 창백해지더니 방 안으로 급히 뛰어들어가는 것이었습니다. 언뜻 보니 눈물을 흘리고 있는 것 같았습니다.

당황한 남자가 부인이 나오자 미안하다고 사과를 했습니다. 그러자 주인이 이렇게 말했습니다.

"아닙니다. 당신 잘못이 아닙니다. 당신은 아이들 신발 때문에 걱정하셨지요? 우리에게는 어린 딸이 하나 있는데, 그 아이는 태어난 후 아직 한 번도 걸음을 옮긴 적이 없답니다.

만약 우리 아이가 신발을 신고 걸어 다녀서 한 켤레만이라도 닳아 못 신게 된다면, 이보다 더 큰 행복은 없을 겁니다. 그래서 눈물을 흘리는 것이니 이해해 주시기 바랍니다."

이 말을 들은 그는 할 말을 잃고 말았습니다. 집으로 돌아오면서 그는 자신은 비록 가난한 가장이나 가족들이 건강하므로 참으로 행복하다고 생각했습니다. 사실 지금까지 무심코 지냈지만 이보다 더 큰 축복과 행복이 없다는 생각이 들었습니다. 그리고 자신이 얼마나 행복한 고민을 하고 있는지도 깨달았습니다. 그는 집에 돌아와, 아이들의 떨어진 운동화를 보았습니다. 고민 덩어리였던 그 신발들이 그렇게 사랑스럽게 보일 수가 없었습니다.

사람은 생각하는 것만큼 행복하지도 않고,
불행하지도 않습니다.
-라로슈푸코-

zzz

4부

멈춰 서서
생각하게 하는…

당신에게…

당신은

사람들이 고상한 삶이라고 하는 삶을 살고 싶으십니까?

그러면 한 걸음 더 낮은 곳으로 내려가십시오.

—앤드류 머레이

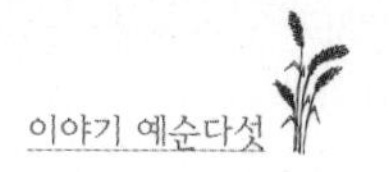

절약하는 습관

이 세상에 진정한 내 것은 나 자신밖에 없으니
세상 것을 함부로 낭비하지 마세요

석가모니에게 카우샴비국의 왕비 사마바티가 500벌의 옷을 지어 올리겠다고 하자, 아난다(석가모니의 사촌 형제요 십대 제자의 한 사람으로 학덕이 높다)는 이것을 쾌히 받아들였습니다.

카우샴비국의 왕이 그 말을 듣고, 혹시 아난다가 탐나는 마음에서 500벌의 옷을 받는 것이 아닌가 하고 의심하였습니다. 그래서 왕은 아난다를 찾아가 물건의 사용에 대해 물었습니다.

"아난다는 500벌의 옷을 한꺼번에 받아서 어떻게 할 작정이십니까?"

아난다가 왕의 물음에 대답하였습니다.

"대왕이시여! 많은 수도자들이 떨어진 옷을 입고 있으므로 그 수도자들에게 이 옷을 나누어 주렵니다."

"그렇다면 그 떨어진 헌 옷은 어떻게 하시렵니까?"

"떨어진 옷은 깨끗이 빨아 이불로 만들어 쓰겠습니다."

"이불이 닳아 떨어지게 되면 어떻게 하시겠습니까?"

"베갯잇으로 만들어 쓰지요."

"베갯잇도 헐어서 못쓰게 되면요?"

"베갯잇을 이어서 방석을 만들어 깔 것입니다."

"그럼 방석의 헌 것은?"

"걸레를 만들어 씁니다."

"그럼, 걸레도 부스러져 못쓰게 되면은요?"

"왕이시여! 그때는 그 걸레 쪼가리를 진흙과 섞어 집 지을 때 벽을 바르거나 가을 찬바람을 막는 벽 땜질을 하는 데 쓸 겁니다."

왕은 아난다의 말을 듣고 고개를 끄덕이면서 참으로 귀한 물건을 드리게 되어 기쁘다는 표정을 지으며 정중히 인사했습니다.

물건을 사용할 때는 항상 그것이
다른 수고와 노력의 산물이라는 사실을 명심해야 합니다.
따라서 물건을 망가뜨리게 되면 그 물건은 물론,
그것을 만든 사람의 수고와 노력까지 없앤다는
사실을 명심해야 합니다.
–톨스토이–

제논의 운명 철학

자신의 현실을 불행하다고 여긴다면 불평이나 원망을 앞세우기보다는
인정하고 받아들임으로써 극복하는 것이 상책입니다

인간의 욕망을 억제하고 윤리와 자연법칙을 따를 것을 가르친 스토아 철학자 제논은 자연법칙인 운명에 순응할 것을 강조한 것으로도 유명합니다. 즉, 운명 지어진 천체에 순응할 수 있는 지혜를 터득해야 한다고 역설했습니다.

하루는 제논의 이런 운명론에 큰 불만을 가진 청년이 그를 찾아와 자기를 조수로 써 달라고 졸랐습니다. 청년은 자신이 채용되면 제논을 골려 주기로 마음먹었습니다.

제논은 그 청년이 하도 조르는 바람에 채용하기로 했습니다.

조수로 채용된 젊은이는 제논을 골탕먹이려고 일부러 제논의 주머니에서 돈을 훔쳤습니다. 청년이 계획했던 대로 도둑질은 금세 발각돼 제논의 질책이 시작되었습니다.

"네가 감히 내 돈을 훔치다니 불경스러운 놈이로구나."

제논은 다른 사람을 시켜 그를 매질하라고 명령했습니다.

그러자 청년이 제논을 바라보며 말했습니다.

"저는 억울합니다. 왜 저를 때리시려 하십니까? 돈을 훔친 건 제 운명이었습니다. 그러니 제 운명을 때리셔야 하는 것 아닙니까? 저는 제 운명에 희생된 불쌍한 인간에 불과합니다."

제논은 청년의 말에 퍼뜩 정신이 들었습니다. 청년의 말은 따지고 보면 자신이 주장하는 '운명론'에 꼭 들어맞는 말이었기 때문이었습니다. 그러나 제논은 다시 정신을 차리고 잠시 생각했습니다. 그리고는 빙긋 웃으며 이내 입을 열었습니다.

"그래, 네 말이 옳구나. 나는 분명히 네가 도둑질을 한 게 아니라 네 운명이 했다고 믿는다. 하지만 나도 마찬가지다. 나도 너를 때리고 싶어 때리는 게 아니라 내 운명에 너를 때리도록 되어 있기 때문에 어쩔 수 없이 너를 때릴 뿐이다. 그러니 그리 심하게 나를 원망하지 말거라."

제논은 키프로스에서 태어나 장사꾼으로 부유하게 살다가 항해 도중 배가 뒤집혀 전 재산을 날리고 말았습니다. 그리고 빈털터리로 철학에 뛰어들어 스토아 철학자가 되었습니다. 그의 스토아 철학은 윤리와 금욕, 극기를 통해 자연에 순응하는 것을 이상으로 삼는 운명 철학이었습니다.

그의 운명 철학은 한 시대를 풍미했습니다.

'제비 한 마리가 여름을 만들지는 못한다.'
제비가 날아다니면 여름이 가까웠다는 말이 되지만
여름이라고 단정할 수는 없습니다. 사소한 징조를 가지고 성급하게
결론을 내리지 말아야 할 것입니다.

돈 한 푼이 없어 못 죽은 수도승

만약 인연 따라 생사가 갈린다면 너무 애쓸 필요는 없습니다
그냥 '지금' 살아 있음에 감사하면 됩니다

"소승은 돈 한 푼이 없어 못 죽습니다."

이는 어느 강가에서 유래된 이야기라고 합니다.

어느 해 날이 내내 가물었다가 큰비가 와 갑자기 물이 몇십 배로 불어났습니다. 시뻘건 물이 산더미처럼 흘러내리게 되자 강기슭에 사는 사람들이 강물을 건널 수가 없었습니다.

강기슭 사람들은 배를 이용하여 강을 건너야 했고, 이에 뱃사람들은 때를 만난 듯 보통 때 한 푼씩 받던 뱃삯을 세 배나 올려 서 푼씩을 받게 되었습니다.

그런데 강을 건너갈 손님 가운데 수도승이 한 명 있었는데 호주머니에 가진 것이라고는 달랑 두 푼밖에 없었습니

다. 그래서 수도승은 뱃사공에게 사정을 했습니다.

"사공 양반, 미안하게 됐소. 한 푼이 모자라지만 좀 태워 주시오."

정중히 사정을 했으나 뱃사공이 말을 들어주지 않아 수도승은 끝내 배를 타지 못하고 주저앉고 말았습니다.

마침내 배가 손님을 잔뜩 싣고 강 한복판에 이르렀을 때 산더미처럼 밀려오는 사나운 물결에 그만 배가 뒤집히고 말았습니다. 승객들은 물론 뱃사공까지 물에 빠져 모두 죽게 되었습니다. 이 광경을 멀리서 애처롭게 바라보던 수도승은 이렇게 말했습니다.

"난 돈 한 푼이 없어 못 죽습니다."

한 푼이 모자라 배를 타지 못하여 죽음을 면하게 된 수도승이 죽음의 배를 타지 못한 까닭을 변명한 것인 듯도 하고, 죽음도 섭리에 따라 이렇게 피해간다는 이야기 같기도 합니다.

'쥐는 침몰하는 배를 떠난다.'
위험이 다가올 때 함께하지 않고 멀리 도망치는 사람이 있습니다.
역경의 순간 힘을 보태 함께 어려움을 이겨 낼 사람이
내 주위에 있는지 진지하게 생각해 볼 일입니다.

참 잘된 일

'참 잘된 일'이라고 편하게 생각할 수도 있는 일이
생각보다 많습니다

왕과 오랫동안 친구로 사귀어온 사람이 있었습니다. 그런데 그 사람은 무슨 일이 벌어지기만 하면 무조건 이렇게 말했습니다.

"그거 참 잘된 일이군!"

입버릇처럼 이렇게 말하는 친구가 어느 날 왕과 사냥을 떠나게 되었습니다.

친구가 총알을 장전하여 왕에게 내밀었습니다. 왕은 장전된 총을 받아 들다가 그만 실수로 방아쇠를 잡아당겨 자신의 엄지발가락을 쏘았고 그래서 엄지발가락이 잘려나가고 말았습니다.

그러자 그 친구가 평소 습관대로 이렇게 말하고 말았습니다.

"그거 참 잘된 일이군."

왕이 그 말을 듣고 화가 나서 그를 감옥에 가두어 버렸습니다. 왕인 자기가 다치게 됐는데 잘된 일이라니 자기를 비웃는 말로 생각했기 때문입니다.

그리고 일 년여 후 왕은 또 사냥을 즐기러 나갔다가 자기도 모르게 식인종들이 들끓는 지역으로 들어가게 되었습니다. 결국 왕은 식인종들에게 잡히는 신세가 되고 말았습니다. 식인종들은 왕의 손발을 묶어 장작더미에 올려놓고 불을 붙이려고 하다가 왕의 엄지발가락이 잘려 있는 것을 알게 되었습니다.

식인종이지만 몸이 온전치 않은 사람 고기는 절대 먹지 않는다는 불문율을 가지고 있었던 그들은 왕을 쓸데없이 죽일 필요가 없다고 생각하여 풀어 주었습니다.

죽기 직전 무사히 궁으로 돌아온 왕은 자신의 엄지발가락이 잘리도록 총을 장전했던 그 친구 덕분에 목숨을 건졌다고 생각하고는 감옥으로 달려가 말했습니다.

"자네 말이 맞았네. 내 엄지발가락이 없어진 것이 아주 잘된 일이었어."

왕은 그간 벌어진 일에 대해 들려주면서 자신의 생명을 구해 준 친구를 감옥에 일 년 동안이나 가두어 둔 것에 대해

사과했습니다.

그 말에 친구는 이렇게 대답했습니다.

"그거 참 잘된 일이군."

"아니 또 그 소리인가? 억울하게 옥살이를 하였는데 그게 참 잘된 일이라니 자네는 화가 나지도 않는다는 말인가?"

그러자 친구는 혼자서 껄껄 웃으며 이렇게 말했습니다.

"잘된 일이고 말고요. 생각해 보십시오. 제가 만약 감옥에 가지 않았다면 왕이 식인종들에게 잡히는 순간 나도 왕 곁에 있었을 것이 아니겠소."

"그랬겠지."

"그렇다면 저는 잘린 발가락이 없으니 그들에게 잡혀 먹이가 되었을 것입니다. 그러니 제가 감옥에 있었던 게 얼마나 다행한 일인가요. 잘된 일이지 않습니까."

듣고 보니 그럴 듯도 하여 왕은 그냥 친구를 바라보고 있었습니다.

아첨하는 말은 고양이와 같이 남을 핥습니다.
그러나 언젠가는 그 발톱으로 상대방을 할퀴게 됩니다.

의義를 사오다

참 가치를 볼 줄 아는 안목을 길러야 합니다

전국시대 때 제나라의 맹상군孟嘗君 휘하에 풍환馮驩이란 사람이 문하에서 더부살이를 하게 해 달라고 간청했습니다. 맹상군의 허락을 받고 그의 식객이 되어 지내게 된 풍환은 그 차림새가 몹시 남루하여 하인들로부터 업신여김을 받았습니다. 하인들조차 끼니마다 고기반찬을 먹으면서도 차림새가 초라한 풍환에게는 그저 쓰디쓴 나물 반찬만 주었습니다. 이처럼 비참하게 지내던 풍환이 어느 날 긴 칼을 가야금 삼아 노래를 불렀습니다.

장협아, 돌아가지 않으려나

밥상에 생선 반찬이 없구나
장협아, 돌아가지 않으려나
밥상에 생선 반찬이 없구나

이 노래를 들은 맹상군은 식객인 풍환에게 그날부터 생선을 먹이게 했습니다. 그리고 얼마가 지나자 풍환은 다시 칼을 만지며 또 노래를 불렀습니다.

장협아, 돌아가지 않으려나
나가자니 수레가 없구나
장협아, 돌아가지 않으려나
나가자니 수레가 없구나

이 노래가 또 맹상군의 귀에 들어가자 그 후부터 풍환에게 나들이할 때 수레를 타게 했습니다.

그 후 풍환은 염치도 없이 세 번째 칼을 만지며, 또 노래를 불렀습니다.

장협아, 돌아가지 않으려나
집안을 돌봐줄 사람이 없구나
장협아, 돌아가지 않으려나

집안을 돌봐줄 사람이 없구나

이 노래를 들은 맹상군은 풍환이 늙은 어머니를 모시고 있다는 사실을 알게 되었고, 곧 그 가족에게 쌀을 보내 생계 걱정이 없게 해 주었습니다.

그 뒤 맹상군은 통문을 돌려 식객들에게 의중을 물었습니다.

"누가 내가 다스리는 설薛나라 백성에게 가서 작년에 꾸어 준 돈을 받아올 사람이 없는가?"

이에 풍환이 나서며 자기가 그 일을 맡겠다고 했습니다. 맹상군이 쾌히 승낙하자 풍환이 차비를 끝내고 맹상군에게 조용히 물었습니다.

"만일 돈이 다 걷히면 어떻게 하오리까?"

"돈이 뜻대로 걷히면 내 궁중에 없는 물건을 마련해 가지고 오라."

맹상군은 풍환에게 이렇게 당부했습니다.

그런데 풍환은 설나라에 당도하여 가난한 채무자들을 모아놓고 이렇게 말했습니다.

"여러분의 빚을 모두 탕감해 주겠소."

풍환의 뜻밖의 선처에 채무자들은 기뻐하며 맹상군을 칭송하였습니다.

풍환은 받을 빚을 탕감해 주었으니 빈손으로 돌아올 수밖에 없었습니다. 빈손으로 돌아온 풍환은 맹상군 앞에서 당당하게 말했습니다.

"설 나라에 가 선물을 사려고 백방으로 돌아다녀 봐도 궁중에 없는 보배가 없어 무엇 하나 사올 것이 없었나이다. 그러나 신의 생각에 궁중에는 단 하나 의義가 없음을 깨닫고 군을 위하여 많은 의로움을 사 가지고 왔습니다. 그랬더니 백성들은 남녀노소를 막론하고 기뻐하며 군의 만세를 불렀나이다."

이 말을 듣고 있던 맹상군은 한참 동안 침묵을 지키다가 풍환에게 말했습니다.

"선생이 나를 위하여 의를 베풂으로 사들였구료."

맹상군은 풍환의 어진 마음이 자기를 어진 왕으로 만들었다며 깊이 감사하였습니다.

현명한 장인의 제안

허상에 얽매이지 않으면 마음이 보입니다

왕자를 열 명이나 둔 왕이 뒤늦게 어여쁜 공주를 얻게 되었습니다. 공주를 얻은 왕은 공주를 무척 사랑하여 공주가 갖고 싶다는 것은 무엇이든지 구해주었습니다.

그러던 어느 날 비가 내려 빗물이 낮은 곳에 고이고 그 위에 빗방울이 떨어지자 물거품이 생겨났습니다. 밤이 되자 물거품은 궁전의 불빛을 받아 마치 휘황찬란한 보석처럼 보였습니다. 그 물방울의 현란한 모습을 바라보던 공주가 국왕에게 말했습니다.

"아버지, 저 물거품 색깔로 장신구를 만들어 머리에 달면 정말 좋을 것 같아요."

"얘야, 물거품으로는 장신구를 만들 수 없단다."

"아버지, 그럼 저는 죽어 버리고 말겠어요."

이 말에 국왕은 황급히 유명한 장인들을 불러 모았습니다.

"너희들은 솜씨가 매우 훌륭해서 만들지 못하는 것이 없다고 들었다. 이 물거품으로 공주를 위한 장신구를 만들도록 하라. 만일 만들어내지 못하면 죽음을 면치 못할 것이다."

장인들은 왕의 명령을 받고 어처구니가 없었습니다.

"아니, 어떻게 물거품으로 장신구를 만든단 말인가?"

그때 한 늙은 장인이 나서서 충분히 만들 수 있노라며 공주에게 이렇게 말했습니다.

"공주님, 저는 공주마마께서 원하시는 아름다운 물거품이 어떤 것인지를 도저히 분간해낼 수 없으니 공주님께서 그 아름다운 물거품을 직접 골라 가지고 오시면 장신구를 만들어 드리겠습니다."

공주는 신이 나서 비 오는 밖으로 뛰어나갔습니다. 그리고 물거품을 잡으려고 하였습니다. 그렇지만 물거품은 손을 대기만 하면 이내 사라져 버려 도저히 잡을 수가 없었습니다. 지친 공주는 모든 걸 포기하고 국왕에게 말했습니다.

"전 물거품으로 만든 장신구는 부질없는 것이라는 것을 알았습니다. 물거품은 실제로 존재하는 것도 아니고, 오랫

동안 있는 것도 아니니까요. 그래서 저는 변하지 않는 마음이 중하다는 것을 알았습니다. 아바마마께서 늘 저를 아끼시는 마음을 주신다면 그 따뜻한 마음을 장신구처럼 마음속에 간직하겠습니다."

과도한 욕망보다 큰 참사는 없습니다.
불만족보다 큰 죄는 없습니다.
그리고 탐욕보다 큰 재앙은 없습니다.
—노자—

쌍계사 칠불암의 아자방

어떤 것을 이해하고자 노력한다면
마침내 그 의미를 깨닫고 진정 인정하게 될 것입니다

지리산 자락에 위치한 하동 쌍계사에는 칠불七佛암이라는 암자가 있습니다. 신라 제5대 바사왕 23년, 김수로왕의 일곱 아들들이 이곳에 출가, 도를 이루었다고 하여 칠불암이라 부르게 된 것입니다.

그런데 이 암자에 아亞자방이라는 유명한 방이 있는데, 방의 형상이 버금 아亞자 형식으로 되어 그 높이가 12척이나 되고, 또 불을 때면 그 큰 방이 높은 데 낮은 데 위아래가 없이 골고루 따뜻한 온기가 한 달 이상 남아 있을 만큼 특이하였습니다.

그 방은 신라 효공왕 때 구들 도사로 이름난 담공曇空선사라는 이가 설계를 했다고 합니다. 그곳에서는 많은 도인이 나와 동양 유일의 대선방으로도 이름이 높았습니다. 이 아자방은 오직 참선방으로만 사용되어 왔으므로 큰 절 쌍계사에서는 물론 전국 각 사찰에서 지극히 우러르게 되어 참선하는 사람 이외에는 누구도 관람을 허락하지 않았습니다.

그런데 조선 중엽, 하동 군수가 쌍계사에 초도 순시차 왔다가 어디서 소문을 들었는지 칠불암 아자방을 보고 가겠다고 청했습니다. 그래서 그곳 스님네가 말했습니다.

"그곳은 보시나 마나 참선하는 암자라 별 볼만한 게 없습니다."

그러나 군수는 굳이 보고 가기를 고집했습니다.

"허허, 내 본시 불교에 적잖이 관심이 있는지라 고승 대덕을 친견하거나 수도하는 모습을 보는 것만으로도 어찌 여기 온 보람이 없겠는가? 잠깐 들러 가겠노라."

그리하여 하는 수 없이 일행은 칠불암으로 안내되었습니다. 그런데 칠불암에 이르자 군수는 또 아자방을 가리키며 물었다.

"이 방을 보고 싶으니 열어 보아라."

그러자 한 노스님이 나서며 말했습니다.

"지금은 공부 시간이라 열어 보일 수가 없습니다."

"그러면 언제 보여주겠다는 말인가?"

"이제 막 시작하였으니 서너 시간 기다리셔야 합니다."

"내가 이 고을 성주인데 성주가 주민을 보기 위해 그토록 기다려야 한단 말인가?"

화가 벌컥 난 군수는 말리는 스님을 물리치고 살며시 문을 열고 안을 들여다보았습니다.

그런데 그 유명하다는 아자방의 넓은 방 안에 과연 볼 만한 구경거리가 나타났습니다.

마침 늦은 봄이라 점심 공양을 마치고 선방에 들어간 스님들은 한참 오수午睡에 몰려, 앉은 자세가 엉망진창이었습니다. 하늘을 쳐다보고 입 벌리고 조는 사람, 머리를 푹 숙이고 땅을 들여다보며 꾸벅거리는 사람, 또 몸을 좌우로 흔들고 방귀를 풍풍 뀌는 사람 등 가관도 아니었습니다. 이 꼴을 본 군수는 속으로 혀를 찼습니다.

"기껏 공부한다는 사람들의 자세가 이런 해괴한 것인가?"

군수는 못 볼 것을 보았다는 듯 입맛을 쩍쩍 다시며 가만히 문을 닫고 나서며 말했습니다.

"요놈들, 혼쭐을 내주리라."

군수는 단단히 벼르고 고을로 내려갔습니다. 그 후 3일 만에 편지 한 장이 쌍계사 주지 앞으로 날아왔습니다. 그 내용은 다음과 같았지요.

"그 절에 도인이 많은 듯하니 아무 날 아무 시에 목마木馬를 만들어 동헌 마당에서 한번 타고 돌아보도록 하라. 만일 잘 타면 큰 상을 내리겠거니와 그렇지 못하면 크게 경을 치리라."

스님들은 당황했습니다. 그냥 말을 타라고 해도 참선만 하던 스님들이라 시원치 못할 터인데 목마를 타고 마당을 돌라니 당황하지 않을 수 없었습니다. 그러나 그렇다고 못 들은 체 넘길 수도 없는 일, 쌍계사 큰방에서는 각 암자 스님들이 모두 모여와 대중공사(회의)가 벌어졌습니다.

"누구 이 일을 맡아 군수 영감의 비위를 거스르지 않고 해결해 볼 사람이 없습니까?"

주지 스님이 이렇게 말하였으나 모두 꿀 먹은 벙어리라 회의는 전혀 진전이 없었습니다. 시간만 가고 묘안이 없자 점잖은 스님들은 다 죽을상이 되어 한숨만 쉬고 있었지요.

이때 가장 말석에 앉아 있던 열서너 살가량 된 사미 동자가 일어서며 말했습니다.

"그 일은 제가 맡겠습니다. 스님들은 너무 걱정 마시고 싸리 채나 엮어서 목마 한 마리만 만들어 주십시오."

"네가 무슨 재주로 그렇게 하겠느냐?"

"그건 염려 마십시오. 제가 기필코 성당聖堂의 환난을 모면케 하오리다."

설사 그가 이 일을 감당하지 못한다 할지라도 자기들로서는 별 묘안이 없는지라 스님들은 그리 한번 해 보라 하고, 각오한 듯 싸리 채를 베어 목마를 만들어 주었습니다.

드디어 그날이 되어 동자는 나무하는 일꾼에게 목마를 지우고 동헌 마당으로 나아갔습니다.

군수가 보기에는 어이가 없었습니다.

"네가 목마를 타려고 그 목마를 가지고 왔단 말이냐?"

"그렇습니다. 그 정도는 소승이 해도 충분합니다."

너무나도 당당하고 막힌 데가 없는지라 군수도 짐짓 놀랐습니다.

"그렇다면 목마를 타기 전에 내 몇 가지 물어볼 말이 있느니라."

"무엇입니까?"

"내 일찍이 칠불암에는 도인들만 있다는 말을 들었는데 전날 아자방을 열어 보았더니 그 도인들의 앉아 있는 모습이 전혀 도인답지 않았느니라."

"군수 영감님도 원 별말씀을 하십니다. 도인이라고 무슨 별스런 모습을 하고 있는가요?"

"그렇다면 하늘을 쳐다보고 입 벌리고 있는 중은 무슨 공부를 하고 있는 것이냐?"

"그야 앙천성숙관仰天星宿觀이지요."

"앙천성숙관이라니?"

"하늘을 보고 무량한 별들을 관찰하는 공부입니다."

"별은 왜?"

"상통천문上通天文하고 하달지리下達地理해야만 천하만사를 다 알게 되고, 천상에 태어난 중생을 다 제도하게 되는 까닭입니다.

"그래? 그럼 머리 푹 숙여 땅을 들여다보고 꾸벅거리는 사람은?"

"예, 그것은 지하망명관地下亡命觀이지요. 사람이 죄를 짓고 죽으면 지하의 지옥으로 들어가 죄를 받기 마련이기 때문에 그들을 무슨 방법으로 어떻게 구제할 것인가를 열심히 연구하는 공부입니다."

"그렇다? 그러면 몸을 가누지 못하고 전후좌우로 흔들며 이리저리 쓰러지려 하는 것은?"

"예, 그것은 춘풍양유관春風揚觀입니다. 공부하는 도승은 유有에 집착해도 안 되고, 무無에 집착해도 안 되고, 고락 성쇠 어느 것에 집착해도 안 되기 때문에 버드나무가 바람에 휘날려도 전후좌우 어느 것에도 걸리지 않듯 공유公有, 선악, 죄복, 보응에 걸리지 않는 깨달음을 얻는 공부입니다."

"하, 그럼 그건 그렇다 하고 방귀를 풍풍 뀌고 앉아 있는 중은?"

"그건 타파칠통관打破漆桶觀입니다. 사람이 무식하여 남의 말을 듣지 않고 제 고집대로만 하려는 군수님 같은 칠통배漆桶輩를 깨닫게 하는 공부입니다."

"어허 이놈."

군수는 여러 나졸들을 흘끔 바라보며 무안한 듯 입을 열었습니다.

"아직 입에서 젖 냄새도 가시지 않은 너의 식견이 이러할진대 그곳에 있는 도승들이야 더 말할 것이 있겠느냐? 이제 더 물어볼 것 없으니 그럼 어서 목마나 한번 타 보아라."

사미승은 벌떡 일어나서 싸리채로 만든 목마 위에 사뿐 올라앉더니 고사리 같은 손으로 말 궁둥이를 내려치며 호령을 하였습니다.

"어서 가자 목마야, 미련한 우리 군수 칠통 같은 마음을 확

쓸어버리고 태양같이 밝은 빛이 그 안에도 비치게 하여라."

그리고 발을 한 번 구르니 목마가 터벅터벅 걷기 시작하여 동헌 마당을 5~6회나 돌더니 둥실둥실 공중으로 떠 연기처럼 사라지고 말았습니다.

군수와 관속들은 하도 어이가 없어서 입을 딱 벌리고 허공만 쳐다보고 있었습니다.

공부하는 방을 예의도 없이 열어 본 군수는 아집에 싸인 사람이었습니다.

'예외가 있다는 것은 규칙이 있다는 증거다.'
어떤 예외가 있다는 것이 오히려
규칙의 확실성을 말해 주고 있는 것입니다.

곰 잡기 전에
곰 가죽 값부터 챙긴 사냥꾼

익숙한 우화를 통해 다시 한 번 나를 돌아보세요

돈이 필요한 두 사냥꾼이 마을의 한 모피상에게 미리 곰 가죽 값을 차용해 쓰기로 했습니다.

그들은 큰 곰 한 마리를 잡을 작정이었습니다.

그런데 마침 마을에서 얼마 떨어지지 않은 곳에 곰이 나타났다는 소문을 들었습니다.

"멀리 갈 것도 없이 곰이 제 발로 걸어 들어온 셈이군!"

그들은 모피상이 들으라는 듯 말했습니다.

"그놈은 곰 중의 곰, 제일 큰 놈이라 하오."

"아무렴. 그 덩치를 보면 모두들 까무라칠 걸."

두 사냥꾼의 말에 모피상인은 귀가 솔깃해졌습니다. 그 정도로 큰 곰의 가죽이라면 아무리 추운 날씨라도 몸을 따뜻하게 해줄 것이고, 가죽옷도 한 벌이 아니고 두 벌은 만들 수 있겠다 싶었습니다.

하지만 그 생각은 어디까지나 두 사냥꾼의 말만 듣고 잠시 계산해 본 모피상의 생각일 뿐이었습니다. 두 사냥꾼은 늦어도 며칠 안에 곰 가죽을 넘겨주기로 하고 돈을 미리 받아 챙겼습니다. 그리고 곰을 찾아 나섰지요.

숲 속으로 얼마쯤 걸어 들어가 비탈진 길을 지날 때 두 사냥꾼은 자기들이 찾던 바로 그 곰이 씩씩거리며 다가오고 있는 것을 발견했습니다.

예전엔 멀리서 얼핏 보기만 했을 뿐이었지만 실제로 가까이서 그 어마어마한 덩치를 보니 두 사냥꾼은 놀라서 어찌할 바를 몰랐습니다. 소문을 들어 크다는 것을 알았지만 이 정도일 줄은 몰랐던 것입니다. 곰을 잡아 팔기는커녕 당장 목숨부터 건지고 봐야 할 형편이었습니다. 두 사냥꾼 가운데 한 친구는 재빨리 근처의 큰 나무 꼭대기로 기어 올라갔습니다.

다른 한 친구는 허둥대다가 미처 피할 여유가 없어 땅에 코를 박고 죽은 척했습니다. 곰은 죽은 것에는 덤비지 않는다는 말을 어디선가 들은 기억이 나서 송장처럼 가만히 있었습니다.

곰은 누워 있는 것을 죽은 줄로 알았던지 그를 몇 번 뒤집어 보고, 콧잔등에 코를 대고 냄새를 맡아 보기도 했습니다.

그러더니 코를 킁킁거리면서 울창한 숲 속으로 어슬렁어슬렁 걸어 들어가 버렸습니다.

그제야 나무 위에 숨어 있던 친구가 내려왔습니다.

"이건 정말 기적이야. 자네가 이렇게 멀쩡하게 살아 있다니 믿기질 않네."

땅에 코를 박고 있던 친구는 옷에 묻은 흙을 털고 멍하니 앉아 있다가 갑자기 생각난 듯 한마디 했습니다.

"허허 큰일 났군. 곰의 가죽은 어쩌지?"

"아니, 그보다는 곰이 자네 귀에 대고 뭐라고 속삭인 것 같던데 뭐라고 하던가? 그놈이 자네를 몇 번이고 뒤집으면서 뭐라고 하던데……."

"으음, 죽어서 땅에 쓰러지지 않은 곰의 가죽은 절대로 팔지 말라고 하더군. 그리고 의리 없이 혼자만 살겠다고 도망간 얄팍한 친구하고는 같이 다니지 말라고도 했지."

친하더라도 예의를 지키고 친할수록
오히려 적당한 거리를 두고 지내는 것이 필요합니다.

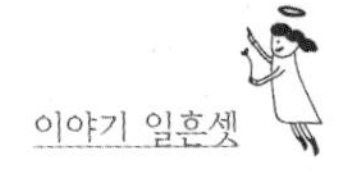

늙은 천사, 병든 천사,
죽은 천사

우리는 곳곳에서 신을 보고, 천사를 만날 수 있습니다

이 세상에서 나쁜 일을 많이 하다가 죽어서 지옥에 떨어진 죄인에게 가브리엘 천사장이 물었습니다.

"너는 인간 세상에 있을 때에 천사를 셋이나 만나 보지 않았더냐?"

"천사장이시여! 저는 천사들을 만나지 못하였나이다."

"그렇다면 너는 늙어서 허리가 굽고, 지팡이를 짚고, 어정어정 걸어 다니는 사람을 못 보았다는 말이냐?"

"천사장이시여. 그런 노인들이라면 얼마든지 보았나이다."

"너는 그 천사를 만나고서도 네가 언젠가는 늙어 저처럼 될 텐데 서둘러 착한 일을 행하지 않으면 안 된다는 것을 생각하지 않았더란 말이냐. 그래서 오늘의 이 지옥 불을 받게 되었다. 너는 또 병들어 혼자는 눕지도 일어나지도 못하고, 보기에도 측은한 자를 보지 못하였더냐?"

"천사장이시여. 그러한 병자라면 얼마든지 보았나이다."

"너는 그 병자라는 천사를 만나고도 네가 병들어 누울 수 있다는 생각을 가지지 않고 방종한 삶을 살았기에 이 지옥으로 오게 된 것이다. 또, 너는 너의 주위에서 목숨이 다하여 죽은 사람을 보지 못했더냐?"

"천사장이시여. 죽은 사람이라면 얼마든지 보았나이다."

"너는 그 죽음을 보고도, 죽음을 경고하는 천사를 만났으면서도, 자신의 죽음을 생각지 못했더란 말이냐. 너는 그렇게 쉽게 죽음이 올 것인데도 착한 일하기를 게을리했기에, 이 지옥 불을 받게 되었다.

나는 너를 지옥으로 보내고 싶지 않다만 네가 저지른 죄 때문에 지옥 불에 던질 수밖에 없구나! 그래서 그리로 끌고 가는 것이니 나를 원망하지 말아라. 네가 지은 대로 네가 가는 길이 만들어지니 천사장인 나도 막지 못하노라."

지옥은 목마르면 물도 주고 배가 고프면 음식도 주는 곳입니다. 그곳에도 일하는 사람이 있어 음식도 가져다주고 물도 떠다 주곤 합니다. 하지만 직접 나서서 하고 싶은 일은 할 수 없습니다. 아무 일도 하지 않은 채 있으니 견딜 수가 없습니다. 처음엔 천국 같았으나 바로 그곳이 주는 대로 받아먹고 마시는 사육장, 즉 지옥이었습니다. 지옥은 내 힘으로 아무것도 할 수 없는 곳입니다.

개인의 자유가 그의 이웃의 재앙이 될 때
그 자유는 끝나며, 또 끝나야 합니다.
–프레드릭 윌리엄 파라–

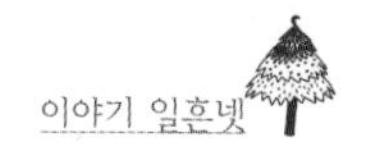

삼 계급 특진한 이관명

반드시 나를 알아주는 이가 세상에는 꼭 있습니다
그러나 내가 나를 인정하는 것이 더 쉽습니다

암행어사의 명을 받고 영남 지방으로 사찰을 나갔다가 돌아온 이관명觀命을 숙종이 먼 길의 수고를 위로하고자 불렀습니다.

"영남 지방 관리들의 민폐가 어떻든가? 민폐로 인한 백성의 불만이 있었을 터인데 본 대로 고하라."

"아뢰옵기 황공하오나, 한 가지만 아뢰겠습니다. 통영관할 바다 가운데 섬 하나가 대궐의 소유로 되어 있는데 관리들의 수탈이 심해서 백성들의 살림이 비참한 실정이었나이다."

마음이 곧기로 유명한 이 수의어사는 어떤 후궁의 소유로

된 그 섬의 부당성을 솔직히 아뢰었습니다. 그러자 숙종은 심기가 불편한 듯 호령했습니다.

"내가 일국의 임금으로서 그 조그만 섬 한 개를 후궁에게 준 것이 그렇게도 불찰이란 말이냐?"

숙종은 책상을 내리쳐서 큰소리로 수의어사를 나무랐습니다.

"전하께서 소신을 그리 탓하시오면 황송하오나 오늘로 물러나도록 파직하여 주옵소서."

수의어사는 더 이상의 다른 변명 없이 자기의 사의를 아뢰고 태연자약하게 물러 나왔습니다.

"그만둘 테면 그만두거라."

왕은 옆에 시립해 있던 승지에게 전교를 쓰라고 그 자리에서 분부를 내렸습니다. 승지 신유申遊도 당황한 빛으로 초지草紙(글을 초 잡아 적는데 쓰는 종이)와 붓을 들고 왕명을 기다리며 대기했습니다.

"전 수의어사의 관직을 부제학으로 제수한다고 써라."

승지는 의외의 분부를 듣고 놀라면서 그대로 교지를 써 내려갔습니다. 크게 나무라 파직을 당하는 줄 알았는데 오히려 벼슬이 올랐기 때문이었습니다. 숙종은 다시 승지를 불러 명했습니다.

"한 장 다시 써라. 부제학 이관명에게 홍문제학을 제수한다."

승지는 더욱 놀라며 그저 받아 쓸 뿐이었습니다. 왕은 이

어서 다시 엄숙하게 하명했습니다.

"홍문제학 이관명에게 다시 호조판서를 제수한다."

이것은 뜻밖에도 삼 계급 특진의 어명이었습니다. 감투가 달아날 줄 알았던 이관명은 삼 계급 특진의 큰 감투를 쓰고 정경正卿의 직품을 받았습니다.

이어 숙종은 간곡히 그에게 분부하였습니다.

"경의 충간忠諫으로 내 잘못을 깨달았소. 그리고 경이라면 큰일을 감당할 줄 믿고 호조판서 직을 맡기오. 앞으로도 모든 민폐를 근절토록 전국의 관리를 잘 단속해 주오."

사람을 싫어하는 것은
가려운 데를 긁는 것과 같습니다.
가려운 데를 긁으면 더 가렵듯이 싫은 사람을
생각하면 더 싫어지게 됩니다.

요임금과 관문지기의 대화

생로병사의 고통보다 그것을 통해 얻는 깨달음에 먼저 주목하세요

어진 정치의 표상으로 유명한 요堯임금이 화華지방을 순회할 때였습니다. 그곳 관문을 지키는 사람이 요임금에게 공손히 머리를 숙이며 말했습니다.

"성인이시여, 만수무강하시옵소서."

그러자 요임금이 의미심장한 미소를 지으며 말했습니다.

"난 오래 살기를 바라지 않네."

"그러시다면 더욱더 부자가 되시기를 바라옵니다."

그러자 요임금이 떨떠름하게 대답했습니다.

"나는 부를 더하고 싶은 생각은 꿈에도 없다네."

"그러시다면 자손이 번창하시기를 빌겠사옵니다."

"그것도 나는 바라지 않네."

그러자 관문지기가 다음과 같이 반문했습니다.

"오래 사는 것과 부와 자손이 많은 것은 누구나가 다 원하는 것이 온데 임금께서는 그것을 원치 않으시니 어인 까닭이옵니까?"

"아들이 많으면 개중에 못난 놈이 생겨서 도리어 걱정만 많아지고, 부귀하면 부귀할수록 그만큼 일이 많아지니 그것도 꼭 좋은 일만은 아니며, 또 오래 살면 오래 살수록 그만큼 욕된 일이 많아지기 때문에 그것도 바라는 일이 아니라네. 이 세 가지는 어느 것이나 내 몸의 덕을 기르는 데 도움이 되지 못하는 것이라 사양하는 것일세."

요임금의 이야기에 관문 지기는 이렇게 반박했습니다.

"나는 임금께서 성인인 줄 알았는데, 지금 말씀하시는 것을 들으니 고작 군자밖에 되지 못하다는 것을 알았습니다."

그리고는 이렇게 말했습니다.

"하늘은 모든 사람을 낳게 한 다음에 반드시 그에게 일을 주도록 되어 있습니다. 아들이 아무리 많더라도 각각 일을 맡기게 되면 무슨 걱정이 있겠습니까.

대개 참다운 성인이란 메추라기와 같이 집을 가리지 않고, 새의 새끼처럼 생각 없이 먹으며 새가 날아다니듯이 자유자재로운 법입니다. 세상이 올바르면 모든 사람들과 함께 번영을 누리고, 올바르지 못하면 덕을 닦아 숨어 사는 것도 좋으며, 천 년이나 오래 살다가 세상이 싫어졌을 때 하늘에 올라 저 흰 구름을 타고 하늘나라에서 사는 것도 무방한 일입니다.

질병과 노쇠와 사망의 세 가지 환난에 시달리는 일 없이 언제나 탈 없이 지낸다면 아무리 오래 산들 또 무슨 욕된 일이 있겠습니까."

말을 마친 그는 못할 말을 한 듯 곧 자리를 떠나가려 했습니다.

그러자 요임금이 급히 그를 불렀습니다.

"여보게, 잠깐만 기다리게. 내게 그대의 이야기를 좀 더 들려주시게나."

요임금은 급히 그를 뒤쫓아가 매달리며 사정을 했습니다. 그러자 그는 손으로 획 뿌리치며 말했습니다.

"저리 물러나시오."

관문 지기는 요임금의 요청을 단호하게 뿌리치고는 성큼성큼 걸어 어디론가 가 버렸습니다.

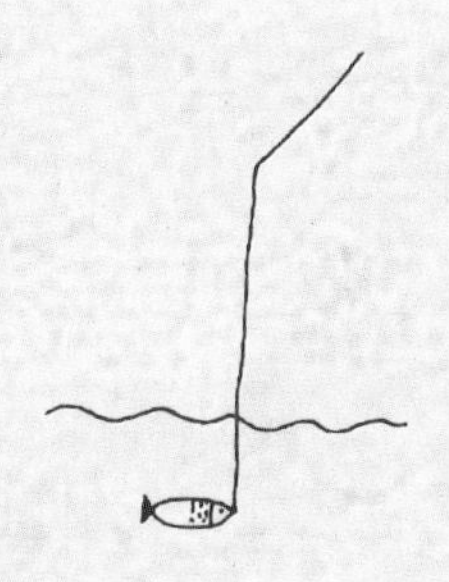

근본적으로 행복과 불행은
그 크기가 정해져 있는 것은 아닙니다.
다만 그것을 받아들이는 사람의 마음에 따라서
작은 것도 커지고 큰 것도 작아질 수 있는 것입니다.
가장 현명한 사람은 큰 불행도 작게 처리해 버립니다.
어리석은 사람은 조그마한 불행을 현미경으로 확대해서
스스로 큰 고민 속에 빠집니다.
—라 로슈프코—

일상적이고 평범한 행복

아주 평범한 삶에서부터 행복하다면
어떠한 순간에도 감사할 수 있습니다

도심의 한복판에서 귀뚜라미가 울고 있었습니다. 바쁜 일과를 마치고 벤치에 앉아 잠시 생각에 잠겨 있던 한 청년이 그 소리를 듣고는 흥미로워했습니다.

"아, 이 도시에 귀뚜라미 소리가 들리다니."

빌딩과 빌딩 사이에 자라고 있는 덩굴나무의 아래에서 들리는 청명한 소리였습니다.

그러나 그 길은 수많은 사람이 오가는 길이었는데도 아무도 그 귀뚜라미 소리를 듣지 못했습니다. 바로 그때 손에 들려 있던 오백 원짜리 동전이 쨍그랑하고 떨어지더니 또르르 굴러갔습니다. 사람들의 발걸음은 그제야 멈칫했습니다. 주위를 둘러보는 사람들이 동전이 굴러가는 데로 눈길을 돌렸습니다. 그러더니 한 사람이 주위를 둘러보고는 그 동전을 주워서 총총히 가던 길을 재촉하는 것이었습니다.

청년은 '귀뚜라미 소리는 내 귀가 밝아서 들렸던 게 아니라, 사람들마다 관심사가 달라서 그런 거였구나.' 하고 깨달았습니다.

돈이 떨어지면 인생의 삼분의 일을 잃고 있는 것입니다. 용기가 떨어지면 인생의 삼분의 이를 잃고 있는 것입니다. 사물에 눈이 어두워 귀뚜라미 소리마저 듣지 못한다면 인생의 전부를 잃고 있는 것입니다.

우리는 새처럼 날 수도 있고
물고기처럼 헤엄칠 수도 있어요.
인간답게 사는 것을 배울 수만 있다면 우린 정말
뭔가를 이룰 수 있을 텐데 말이죠.

화살이 꽂힌 다음 동그라미를 그려

'자오自娛'란 스스로 즐긴다는 뜻입니다.
유쾌하게 살기 위해 가끔은 발상의 전환이 필요합니다

키가 구 척이고, 칼을 신묘하게 휘두르며, 활쏘기를 아주 좋아하는 왕이 있었습니다.

어느 날 왕이 순찰 길에 작은 마을을 지나가다가 동그라미가 그려져 있는 과녁 한가운데에 화살이 정확하게 명중한 것을 보았습니다. 왕은 이렇게 조그마한 마을에 이처럼 대단한 명궁이 살고 있다니 감탄하지 않을 수 없었습니다.

왕은 말을 멈추고 사람들에게 이곳에 활을 쏜 자가 누구냐고 물어보았습니다. 그러자 사람들은 크게 웃으며 대답했습니다.

"그는 명궁이 아니라 바보입니다."

"바보라고? 저렇게 과녁을 훌륭히 명중시켰는데도?"

그러자 마을 사람들이 재미있다는 듯 웃으며 자세히 설명을 해주었습니다.

"그 친구가 활을 쏘는 방법을 알려 드릴까요? 먼저 활을 쏘아 놓고 화살이 꽂히면 나중에 그것에 동그라미를 그린답니다. 그러니까 백발백중이죠."

'최상의 결과를 바라면서 최악의 경우도 대비해야 한다.'
희망을 잃지 않고 좋은 결과를 위해
최선을 다하면서도 한편으로 실패할 수 있는
경우도 생각해야 합니다.

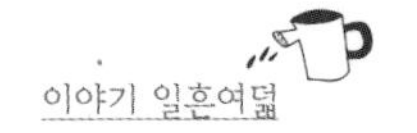

앙리 뒤낭과 적십자사

신념과 인류애는 기발한 착상을 하게 합니다

앙리 뒤낭(1828~1910)은 고아원 사업을 하는 부모 밑에서 자라 어릴 때부터 부모가 사람을 돕는 일을 보면서 자랐습니다.

1859년, 프랑스와 이탈리아의 연합군이 오스트리아와 전쟁을 하게 되었습니다. 앙리 뒤낭은 이 전쟁의 참담한 모습을 직접 목격했습니다. 수천 명의 군인들이 목숨을 잃고 수만 명의 부상자가 발생했지요.

그는 이 참혹한 광경을 보고 그들을 구호할 수 있는 단체를 결성할 것을 결심했습니다. 그는 자신이 보고 겪은 내용을 책으로 써서, 생명은 소중한 것이니 적이건 아군이건 구별 없이 부상병들을 구호하는 조직을 만들 것을 호소했습니다.